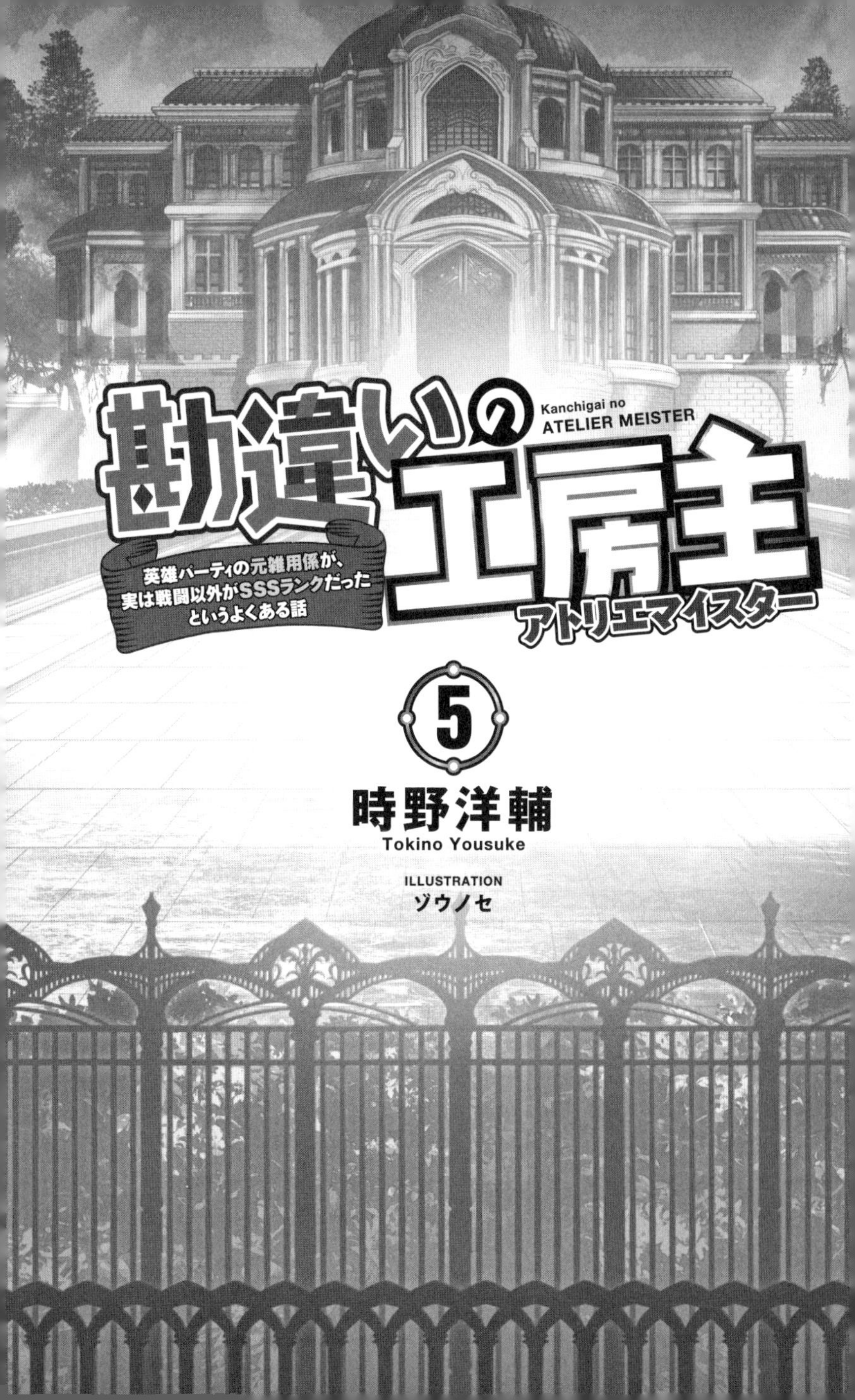

勘違いの工房主《アトリエマイスター》

Kanchigai no ATELIER MEISTER

英雄パーティの元雑用係が、実は戦闘以外がSSSランクだったというよくある話

5

時野洋輔
Tokino Yousuke

ILLUSTRATION
ゾウノセ

クルト・ロックハンス
本人は無自覚だが、戦闘以外の適性ランクが全てSSSという超天才。
失踪したユーリシアを探しに向かった諸島都市連盟コスキートで、武道大会に参加する。
ユーリシア
クルトの工房に所属する元王家直属冒険者。
正体を隠し武道大会に参加している。
リーゼロッテ・ホムーロス
ホムーロス王国の第三王女。死に至る呪いを治してくれたクルトを慕い、行動を共にするようになる。

登場人物紹介

エレナ

メイド仮面の名で
武道大会に参加する、
謎の女性。

ローレッタ・エレメンツ

ユーリシアの従姉で、
イシセマ島の島主。
一族のため、ユーリシア
を呼び寄せた張本人。

チッチ

諸島都市連盟コスキート
で、クルト達の案内を買っ
て出た怪しげな冒険者。

プロローグ

僕、クルト・ロックハンスは、子供の頃《ころ》から戦うことが苦手だった。

僕だけじゃない。

僕が住んでいたハスト村の村民は、誰もが戦闘が苦手だった。

「魔物が出たぞ！」

僕が六歳になってしばらくしたある日、村人が拡声の魔道具を使ってそう叫び、見張り台の上で警告の鐘《かね》を激しく鳴らした。

こういう時は、女性や子供は村で一番頑丈《がんじょう》なオリハルコンとアダマンタイトの合金でできている避難所に逃げる。ただ、僕はその日、村から少し離れた場所にいたため逃げ遅れた。

村の入り口の近くの茂みに隠れた僕は見てしまった。

村を襲う災厄——十四のゴブリンの姿を。

恐怖で身が竦《すく》む。

二桁以上のゴブリンが村を襲うのは七年ぶり。前回は村が引越しをする前で、僕がまだ母の胎内にいた時の出来事だったらしい。

その時は運よく他の町の冒険者がいてくれて事なきを得たが、しかし今日は村への来訪者はいない。

僕は思わず、薬草採取のために手作りしたミスリルの鎌《かま》の刃の部分を握ってしまっていたようで、手はいつの間にか血まみれになっていた。アドレナリンのせいで痛みをほとんど感じていないが、このままでは血の匂いで気付かれる危険があるので、無事な方の手でパッと薬を調合して傷口に塗り込む。

傷口のばい菌が駆除され、出血が止まり、皮膚が再生された。

幸い、ゴブリンは隠れている僕には気付かず、村の入り口へとまっすぐ向かった。

村の入り口の前には、ミスリルゴーレムを使ったバリケードが敷かれている。

僕達の村にいるゴーレムは、百トンの岩を運び、針に糸を簡単に通せるくらい細かい作業も得意なんだけど、土木作業用に作られたものだから戦いには向かない。

一応、ゴーレムの周りには武器を構えた人もいる。彼らが持っているのは一振りで直径十メートルの木を伐採するオリハルコンの斧《おの》や、白金鉱石《はくきんこうせき》をも軽々砕くアダマンタイトのピッケル、永久凍土《えいきゅうとうど》にある氷山さえ、一瞬で沸騰《ふっとう》させる火炎放射器だけど、どれも伐採用、採掘用、除草用の道具なので、ゴブリンとの戦いに役に立つとは思えない。

僕が持っているミスリルの鎌だって同じだ。一振りすればかまいたちを生み出し、十メートル離れた木に生えている木の実を落とすこともできるが、魔物相手に使ったら、緊張して変な方向に飛んでいってしまう。所詮《しょせん》はこれも戦いの道具なんかじゃない。

雑貨屋に行けば、エクスカリバーという銘《めい》の剣が一本だけある。でも、素人《しろうと》が戦いの道具なんて使おうものなら、緊張のあまり自分を刺してしまう恐れがあるので誰も使おうとはしない。

どうしたらいいんだろうと見守っていたんだけど、ゴブリン達はなぜかゴーレムのバリケードを見て対処に困っていた。

ゴーレムのバリケードなんて、僕のような子供でも数秒で突破できるはずなのに、なぜだろう？

膠着《こうちゃく》状態が続く中、先に動いたのはハスト村の住民の方だった。

木こりのアルプルさんが、オリハルコンの斧を持って単身飛び出していく。

無茶だ！

トレント相手なら一人で百本相手にしてもかすり傷を負わないアルプルさんとはいえ、一人でゴブリン十匹を相手にするなんて⁉

アルプルさんは斧を振り下ろしたが、ゴブリンの手前五十センチのところの地面に斧が命中し、地面を大きく陥没《かんぼつ》させてひっくり返ってしまった。

「アルプルがやられた！」

「ゴーレム、アルプルを助けるんだ！」

倒れているところを木の棒でたこ殴りにされているアルプルさんを、ゴーレムが助け出した。

そして、村人達はゴーレムにゴブリンと戦うように命令するが、やはりゴーレムの攻撃はゴブリンには届かない。動く相手を攻撃するというのは、これほどまでに難しいのだろうか？

と、その時だった。

「なにをしている？　ゴブリン相手にお遊戯《ゆうぎ》か？」

そう言って現れたのは、旅の剣士風の男だった。

うちの村にたまに遊びにくる、冒険者のアーサーさんだ。

「アーサーさん、逃げろ！　危険だぞ」

「……まさか、本気で言ってるのか？　ゴブリン十四相手に？　このバカみたいな力を持つ村が苦戦しているのか？」

アーサーさんはなぜか呆《あき》れた感じでそう言うと、鉄の剣を抜いた。

そう思った次の瞬間、ゴブリン達十四は切り伏せられていた。

「肩慣らしにもなりゃしねぇ」

そう言って血をふき取り、剣を収めるアーサーさんの姿に、僕も村人も全員驚きを隠せない。

冒険者は強いと聞いたことがあるけれど、まさかここまでだなんて思いもしなかった。

思わずその場で立ち上がって、言葉を漏らす。

「……凄い」

恐怖はなくなったが、今度は感動で体が動かない。

そんな僕に、アーサーさんは気付いた。

「大丈夫か、坊主」

アーサーさんは僕にそう言って手を伸ばす。

僕はその手を取り、立ち上がってお礼を言った。

「あ、ありがとうございます。アーサーさん」

「なに、武道大会の肩慣らし……にはならなかったが、準備運動の手前みたいなもんだ。気にするな」

「武道大会……ですか？」

「ああ。俺みたいな戦いに命を懸《か》ける猛者《もさ》が世界中から集まって武を競う大会だ」

そんな大会があるんだ。

しかも、そこにいるのはアーサーさんみたいな、それこそ十四のゴブリンを一瞬で倒す猛者だなんて。

僕が武道大会に参加することは一生ないだろう。

でも、僕はその時、夢を見た。

いつか、一人の男として武道大会に参加してみたい、って。

その後、村の人はアーサーさんを酒宴に誘い、さらに礼として在庫のエクスカリバーを渡した。

「本当にいいのか？　ゴブリンを倒しただけで？　これ、ものすごい剣だぞ？　本当にいいのか？」

村の誰かが見様見真似《みようみまね》で作った剣で、商人さんに売れなかったあまり物なのに、アーサーさんは大袈裟《おおげさ》に驚いてみせたのが印象的だった。

ともかく、今にして思えば、僕が冒険者になる決意を持ったのはこの時だったのかもしれない。

そして年月は流れた。


僕は今から、諸島都市連盟コスキートのパオス島で開催されている武道大会の決勝トーナメントに参加する。

そう、幼き日の夢がかなったのだ。

これは、戦いの才能のない僕が、一人の男として武道大会に参加する物語だ。

……なんて格好をつけてみたけれど、やはり場違いな気がしてくるよ。

僕なんかが武道大会に参加するなんて。

しかし、僕が弱いことに誰も気付いていないのか、町を歩いていると声援が耳に届く。

「頑張れよー、トーナメント戦、絶対に見に行くからな」

「俺も仕事を休んで見に行くぞ！　一番前の特等席を押さえたんだ！」

それらの声援は恥ずかしい反面、とても誇らしく思えてくる。

そうだ、頑張ろう！

僕はそう思い、気合を入れた。

だけど――

「天使だ！　天使が町を通るぞ！」

「・・・クルミちゃん！　今日も可愛いよ、クルミちゃん！」

「俺と結婚――いや、デートでいいからしてくれ！　後生だ！」

続いた歓声で、その気合が一気に霧散《むさん》した。

ははは、そうだった。

僕は今、クルト・ロックハンスじゃない。

給仕服を身に纏《まと》った女の子、クルミだった。

説明すればいろいろとややこしくなるけれど、僕はこれから女の子として大会に参加しなくてはいけない。


×これは、戦いの才能のない僕が、一人の男として武道大会に参加する物語だ。
○これは、戦いの才能のない僕が、一人の女として武道大会に参加する物語だ。

……なんだか、夢見ていた武道大会とは全然違う気がするな。

でも、頑張って優勝しよう！

僕なんかと一緒に大会に参加してくれる相方、ユーラさんのためにも！

第1話　武道大会決勝トーナメント

決勝トーナメントの抽選会が始まった。

先日の予選会と違い、選手の数は多くない。

あっさりと決定したトーナメント表が発表されたが、僕はペアを組んでいるユーラさんとは別行動を取って、人を捜していた。

僕が捜しているのは二人。

一人は、僕が以前所属していた冒険者パーティ「炎《ほのお》の竜牙《りゅうが》」のリーダー、ゴルノヴァさん……にそっくりな、決勝トーナメント参加者。髪の色は違うんだけど、彼がゴルノヴァさんなんじゃないかって疑っている。

もう一人は、同じ工房で冒険者筆頭として働くユーリシアさんだ。彼女は突然姿を消してしまったんだけど、どうやらこの武道大会に出ていて、決勝トーナメントに残っているらしい。

一緒に探しにきた、同じ工房で働くリーゼさんから、そんな情報を手に入れたので会場で探していたけれど、やっぱり見つからなかった。

リーゼさんの言う通り、変装しているのだろうか？

そう思ってあたりを見回していた僕の目に、ある人の姿が目に入った。

「……っ！」

あの人は。

赤かった髪が紫色になっているけれど、間違いない。

僕は急いで追いかけた。

途中、僕のファンだという人に声をかけられたり、いまだに慣れないスカートのせいで転びそうになったりしたけれど、僕は彼に追いつく。

「あの、すみません！」

声をかけると、その男の人は振り向いた。

やっぱりそうだ。

間違いない――この人は――

「誰だ？　お前は？」

「ゴルノヴァさんですよねっ！」

「――っ!?」

紫色の髪の人物――ゴルノヴァさんは、僕の言葉に驚き、目を見開いた。

僕が以前所属していた冒険者パーティ、「炎の竜牙」のリーダーであるゴルノヴァさん。彼の姿を選手控室で見かけた気がしたから武道大会に参加したんだけど、やっぱり見間違いじゃなかったんだ。

あ、そうだ。この姿じゃ、僕だってわからないよね。

「ゴルノヴァさん、この姿じゃわからないかもしれませんけど、僕は――」

「人違いだ」

「……え？」

僕が説明しようとしたところで、冷たくそう言い捨てられてしまった。

「ゴルノヴァ？　それが誰かはわからないが、俺様はそんな名前じゃない」

「で、でも……」

人違い？

本当に？

髪の色は違うけれど、でも、その顔は。

「俺様の名前はパープルだ。ゴルノヴァなんて男は知らん。悪いが、俺は人を捜してるからもう行くぞ」

ゴルノヴァさんによく似た、パープルという男の人はそう言うと、顔をお面で隠したメイド服の女性と一緒に去っていった。

……人違いだったのか。

確かに、髪の色はゴルノヴァさんとは全然違うし、他人の空似……なのかな？

ユーラさんに迷惑をかけて、結局人違いだった。

僕はなんて人騒がせなんだ。

◇◆◇◆◇

まったく、焦らせやがって。なんなんだあの女は。

俺様がゴルノヴァだということがバレたら大変なことになる。

なぜなら、俺様は現在、ホムーロス王国から指名手配をされているからだ。

ホムーロスの王都で、糞《くそ》マズイ飯を提供してきたレストランに説教をしたら、衛兵が俺様を拘束しようとしてきた。それに反撃をした――ただそれだけなのに。

しかし、俺様の完全なる変装を見破るやつが現れるとは思わなかった。

賞金稼ぎという感じではなかったから、きっと俺様の熱狂的なファンかなにかだろう。

まぁ、きっちり否定しておいたし、問題ないだろうな。

「それで、メイド仮面。クルは客席にいるか？」

俺様は横にいるメイド仮面――ポンコツメイドゴーレムのエレナに、クルトがいるか確認する。

こいつはメイドとして貴賓室《きひんしつ》で働いていたから、偽名で選手に登録させているのだ。

「いいえ、パープル。見つかりません」

「だよな。あいつのことだ、俺様を見つけたら絶対に声をかけてくるはずなのに、今のところ声をかけてきたのはメイド一人だけだ。なんだ、俺様はメイドに縁があるのか？」

「あれはメイドではなく給仕です」

「似たようなもんだろ？」

「違います」

その違いはわからないが、エレナを怒らせるのは怖いので、俺様はそれ以上追及しない。

このエレナは、ハスト村があったと言われるシーン山脈の謎の遺跡で見つかった人形——ゴーレムだ。

バカ強く、どうもクルの野郎と関係があるらしい。

なぜか俺様とクルが恋人同士であると勘違いしているため、クルを捜すのに利用させてもらっている。

「でも、少し意外ですね。パープルはクルトのような可愛らしい子が好きなのだと思っていましたが……」

「あぁ？　何言ってんだ？　可愛い女、旨い飯、強い武器、民衆の喝采《かっさい》、全ては俺様のためにあるに決まってるだろ」

ただしこいつは例外だ。こいつは見た目は可愛い女だが、化け物だからな。

「ですが、あの給仕、かなり可愛いように見えましたが」

「ん？」

振り返ると、さっき俺に声をかけてきた女が残念そうに俯《うつむ》いている。

確かに、言われてみれば可愛い顔をしている。

しかし、なぜだろう。

「あいつの顔を見ているとイライラしてくるんだよな」

まるでクルを見ているみたいにな——と、エレナに聞こえないよう内心で呟《つぶや》いた。

このメイドゴーレムは、俺様とクルを結婚させようなんていう意味不明な勘違いをしているから、ボロを出すわけにはいかない。

とにかく、まずはこの大会で優勝し、俺の指名手配を撤回させ、権力を手にする。

次にクルを手中に収め、あいつと一緒にいるというホムーロス王国の第三王女とやらを言いなりにする。

それが俺の計画だ。

「それはよかったです。ならば、彼女と戦うことになっても全力で戦えますね」

「あん？　それはどういう意味だ？」

「先ほど発表されたトーナメントによると、彼女とユーラのペアと二回戦で戦うことになるかもしれません。予選を一位で通過しているペアですからね」

俺もトーナメント表は見たが、詳しくは覚えていない。

それより、あの給仕が予選一位だって？

嘘《うそ》だろ？　どこからどう見てもクルと同じような雑魚《ざこ》じゃないか。

ユーラっていう相方の男が強いのか？

というか……

「思い出した。冗談はよせ、俺達の二回戦の相手はあんな雑魚じゃなく、チャンプとイオンだろうが」

チャンプとイオンは前回の優勝コンビだ。必ず勝ち上がってくるに決まっている。

「ええ。ですがクルミとユーラのペアと戦うことになると思います」

「お前は、あのメイ……給仕が前回の優勝者を倒して二回戦に上がってくると読んでいるのか？」

「はい。そういう雰囲気があります」

エレナが頷《うなず》いた。

……本気で言ってるのか？

肩を落として去っていくクルミという女を見たが、やはりエレナの言葉を信じることはできなかった。

◇　◆　◇　◆　◇

武道大会の決勝トーナメントが始まった。

私はこの大会に、ユーラと名乗って参加している。

隣では、ペアであるクルミが、出場選手用の席から試合の様子を観戦していた。

クルミの奴、さっきはかなり落ち込んでいたように見えたが、今は純粋な子供みたいな目で試合を見ている。

「…………」

私は貴賓席を見た。

あそこにおそらく、リーゼが……そして、クルトがいるのだろう。

冒険者に強い憧れを持つクルトも、このクルミのように輝いた目で試合を見ているのだろうか？

それとも、私のことを捜そうとして、それどころではないのだろうか？

後者だとしたら、申し訳ないな。

「どうしたんですか、ユーラさん」

ユーラ……その名前を聞くたびに、罪悪感がこみ上げてくる。

私は本当はユーリシアという女冒険者だ。

にもかかわらず、こうして男装をし、一人の男として武道大会に参加している。

私とこの大会の優勝者を結婚させるという、イシセマ島主である従姉《いとこ》のローレッタ姉さんの目論《もくろ》見《み》を潰すために。

しかし、そんな目的のために、クルミという無垢《むく》な少女を利用してしまっていた。

彼女は元々、一人の男に会いたいがためにこの大会に参加した。

そして、それは先ほど叶《かな》ったそうだ。

ただ、その人物は思っていた人物ではなく、人違いという結末だった。

そのため、本当はクルミにはもう戦う理由がない。

だというのに、私の都合で利用してしまっている。

「……ごめんね」

「……え？　なにか言いました？」

「いや……次は私達の試合だな」

「あ……そうでしたっ！」

そう言ったクルミの手が震えていた。

武者震いか？

いや、普通に緊張しているのだろう。

仕方がない——私達の一回戦の相手は前回大会優勝者のチャンプとイオン。優勝候補筆頭のコンビだからな。

「私一人で戦うから大丈夫だ。クルミは離れた場所にいて、私が負けたら自分で舞台から降りるなり、降参するなりしてくれて構わない」

「わ、わかっています。でも、援護はさせてください」

「ああ、頼りにしてるよ」

私はそう言ってクルミに微笑《ほほえ》みかけた。

すると、クルミの顔が赤くなる。

「……戦いで頼りにされたの……生まれて初めてかもしれません。嬉《うれ》しいです」

「あ……あぁ、そんなに気負わずにな」

優勝候補筆頭のコンビ相手に、実質一人での戦い。

いきなりクライマックスという感じだね。


私とクルミは闘技場の舞台に向かった。

クルミは緊張のあまり、右手と右足が同時に出ている。とってもベタな緊張の仕方だ。

「「「「L・O・V・E・クルミちゃーんっ！」」」」

客席では、クルミのファンらしい男達が、桃色の服を着てクルミの応援をしていた。

「クルミちゃぁぁん、頑張ってぇぇっ！」

「チャンプとイオンに負けるなぁあっ！」

「でも怪我だけはしないでねぇぇぇっ！」

クルミの人気が凄い。

「キャアアア、ユーラさまぁぁあっ！」

「ユーラ様、こっち向いてぇぇぇっ！」

……私の人気も凄い。

普通、優勝候補のコンビが出てきたら、そっちへの声援の方が大きくなりそうなのに、応援の大半は私達に向いている。

さて、改めてこの武道会のルールを確認しよう。

勝負の内容は簡単だ。

男女ペアで戦う。

気絶、舞台からの転落、もしくは10カウントダウンすれば戦闘不能とみなされ、以後戦いに参加できなくなる。

先にペア二人ともが戦闘不能になれば負け。

つまり、仮にクルミが試合早々舞台の外に出たとしても、私一人で勝ち残ればいい。

なお、魔法の使用は自由。

武器、道具の使用も基本自由であるが、事前に申請する必要がある。さすがに攻城兵器のような武器の持ち込みは規制されるらしい。

最後に、相手を殺してはいけない。

まぁこんなところだろう。

「――相手はえらい人気だな、イオン」

「ええ、少し嫉妬《しっと》しちゃうわね、チャンプ」

出てきた。

チャンプとイオンのコンビだ。

チャンプは完全に前衛タイプ。彼の拳の届く範囲にまで近付き、無事だった人間はいないという。

そして鞭《むち》を持つイオン。彼女の鞭は長く、その扱いは正確無比で、小さな魔物の筆頭であるべビースライムの核のみを、正確に潰すことができる。

「さて、どう戦ったものか――正面から戦うのは不利だね」

「あの……ユーラさん――」

私が呟いていると、クルミがある提案を囁《ささや》いてきた。

……本当にそんなことができるのかい？

私はそう尋ねようと思ったが、クルミができると言ったのだからできるのだろう。なにせこの子は、クルトと同じハスト村の出身みたいだからね。

「よし、任せた」

私が頷くと、クルミも笑顔で頷く。

そして、クルミは試合開始の宣言をしようとする審判の女性に近付いていき、耳元で囁いた。

審判が怪訝《けげん》な表情を浮かべつつ黙って頷くのを見て、チャンプとイオンが警戒するように身構える。

まぁ、こっちに作戦があると言っているみたいなものだから仕方ないね。

審判が手を上げる。

『それでは、これよりCブロック第一試合――ユーラ・クルミペアVSチャンプ・イオンペアの試合を始めます――試合……はじめっ！』

審判はそう宣言した直後、走って舞台の上から飛び降りた。

と同時に、クルミも私と一緒に後ろに大きく跳躍《ちょうやく》し、背負っていた巨大な斧を振り下ろす。

当然、その斧はチャンプ、イオンには全然届かない。

しかし、彼女の振り下ろした斧は狙い通りに命中した。

――石でできた闘技場の舞台に。

クルミが振り下ろした場所から罅《ひび》が一気に広がり、チャンプとイオン、二人の足下が一瞬にして瓦解《がかい》する。

この武道大会において、石舞台が破壊されたことは何度もあった。丈夫な石ではないから、斧やハンマーで叩《たた》けば砕けるし、凄腕の拳闘士《けんとうし》ならば素手でも穿《うが》つことはできる。

しかし、一撃で舞台を半壊させるなど前代未聞だろう。

ルール上、体の一部が地面についたら場外負けとなる。

たとえ、舞台上に現れた穴に落ちたとしても、それは場外負けだ。

完全な不意打ち。

足下に現れた落とし穴を避けられる人間などいるわけがない。私がチャンプとイオンの立場だったら、まずそのまま場外負けになっていただろう。

しかし、二人は違った。

イオンは突如《とつじょ》現れた穴に戸惑い落下しながらも、武器の鞭を振るう。

その鞭はチャンプに絡みつき、そのまま彼を残った舞台上に放り投げ、落下から救い出した。その直後、イオンは地面に着地する。

一瞬で自分を犠牲《ぎせい》にして、チャンプを救う選択をしたのだ。

さすがは前回チャンピオンのコンビだと私は感心した。

イオンによって辛うじて場外から免《まぬが》れたチャンプは、仁王立《におうだ》ちで私達を見る。

「やってくれたな、完全に油断していた。イオンの仇《かたき》、取らせてもらうぞ」

チャンプがそう言って殺気を放つ。

凄まじい威圧だ。

全身の毛穴が開くんじゃないかってくらいに恐ろしい。

思わず身構えた時、突如殺気と威圧が消えた。

なんで殺気を止めたんだ？　無我の境地？

そう思ったが、なぜかチャンプは、対応に困ったように頭をポリポリと掻《か》いて、私に尋ねてきた。

「なぁ、兄ちゃん。そっちの嬢《じょう》ちゃん、大丈夫か？」

「え？」

私が振り返ると、そこではクルミが泡を吹いて気絶していた。

「……あんたの威圧が怖くて気絶したみたいだ」

私はそう言って苦笑した。

まったく、いきなり舞台を壊す荒業《あらわざ》を見せたと思ったら、ただの威圧で気絶するとか、どんだけ繊細《せんさい》なんだよ。

「悪い。この子を場外に下ろしてもいいかな？」

「あぁ……イオンに手当てをさせようか？」

「大丈夫、外傷もないし、寝かしておいたら大丈夫だろ」

私はそう言って、チャンプと審判に許可を貰《もら》ってから、クルミを抱き上げて一度舞台から降り、場外の壁際に寝かせた。

本当にこの子は、凄いんだかダメダメなんだか。

それから舞台に戻って仕切り直しといきたかったのだが……さっきまでの殺伐《さつばつ》とした空気はなく

なっていた。

チャンプもすっかり毒気が抜かれたような表情だ。

ただ、かといって戦わないわけにはいかない。

「せっかくクルミが頑張ってくれたんだ。私も負けられない」

「俺も、イオンが見ているからな。それに、男同士の勝負の方が俺は好きだ」

そう言って嬉しそうに笑うチャンプ。

私は女なんだけどね、とは言えない。

私はクルトに作ってもらった愛剣『雪華《せっか》』を抜いて構える。

そして、私達の戦いが始まった。


「──あれ？　ここは？」

クルミが目を覚ましたのは、チャンプ達との試合が終わってから一時間後だった。

「大会本部の医務室だよ」

「医務室ですか？」

ふらふらとした目で周囲を見渡すクルミは、どうやらまだ現状を把握《はあく》できていないようだった。

だけど徐々に視線がはっきりとしてきて、思い出したように口を開く。

「…………あっ！　試合はっ！　試合はどうなったんですか？」

「大丈夫だ。なんとか勝ったよ」

私がそう言うと、クルミは笑みを浮かべた。

でもそれは、想像していたのと違ってどこか悲しそうな笑みだった。

もっと大喜びしてもらえると思ったんだけどな。

それにしても、厳しい戦いだった。

肉を切らせて骨を断つどころか、骨を切らせて肉を断つと呼べる手段でなんとか勝利できた。

剣士として致命傷ともいえる傷を負ったが、そこは、以前、クルトから貰った傷薬のお陰ですっかり完治している。

「強いですね、ユーラさんは。僕なんて本当になんの役にも立たなくて」

どうやらクルミは、自分がなんの役にも立てなかったと思ってあんな表情を浮かべていたみたいだ。

「なに言ってるんだ。イオンを倒したのはクルミの手柄だろ」

私はそう言ってクルミに軽くデコピンをした。

クルミは少し涙目で額を押さえる。

あれ？　強かったかな……かなり手加減したつもりだったんだけど。

「大丈夫か？」

「大丈夫です……その、ユーラさんの気遣いが嬉しくて……それに、僕が戦いに役に立ったって言ってもらって……あっ！　舞台！　急いで直さないと！」

「直すって、クルミ、あの壊した舞台、修理するつもりだったのかい？」

いくらなんでもあの舞台を元通りに戻すのは……いや、クルミならやりかねない。

だって、クルトなら絶対にできるから。

「はい！　だって、あんな状態じゃ、次の試合ができないじゃないですか」

「大丈夫だよ。試合は別の会場に移って今も続いている。準決勝からは別の会場で行われる予定だったから、そこを使ってるんだ。ただ、今度から会場を壊すのはやめてくれって運営委員に言われたよ」

「そうですか……じゃあ、別の方法を考えないといけませんね」

今回みたいな奇想天外な方法を他にも考えられるのだろうか？

事前に話を聞いておかないと、こっちの心がもたないね。

そうだ、もう一つ伝えておかないと。

「あぁ、それと、第二試合の相手が決まったよ。パープルとメイド仮面のコンビだ。試合内容は見てないけれど、パープルは戦いに参加せず、メイド仮面が全ての攻撃を素手で受け止め、反撃して倒していたそうだ。実力は未知数。今大会のダークホースと言われているよ」

まぁ、ダークホースと言われているのは私達も同じだろうけれど。

既に私達とパープル達の戦いのチケットは完売していて、ダフ屋による転売の値段は通常価格の十倍以上になっているらしい。

「第二試合はこの後始まるけれど、クルミは行けそうかい？　無理なら棄権《きけん》するけど」

「大丈夫です。ちょっと休憩したら――あの、僕の荷物はどこですか？」

「荷物ならそこにあるよ」

クルミの荷物は運んでおいた。

結構な量と重さだったので、クルミ自身よりもこっちを運ぶ方が一苦労だった。

クルミはそんな荷物をちらりと見る。

「……あの、やっぱりこの服装だと戦いにくいみたいなので、着替えようと思うのですが」

「あぁ、その方がいいね。私が手伝おうか？」

「いえ、その……」

クルミは俯いてなにか言いにくそうにしている。

ん？　どうしたんだ？

「……部屋から出ていってもらえると助かります」

「あっ！　悪い悪い」

なにが『手伝おうか』……だ。今の私は男装しているんだった。

私はクルミに謝罪し、医務室を出た。

失敗したなぁと思っていると、部屋の外に人がいることに気付いた。

その姿を見るまで全然気配がなかったことに驚愕《きょうがく》したが、それも仕方がないだろう。

というのも、そこにいたのはローレッタ姉さんだったから。

この状況を作った元凶である彼女を前にして、背に汗が滲《にじ》み出る。

「クルミ選手の容態《ようだい》は大丈夫でありますか？　ユーラ選手」

ローレッタ姉さんが尋ねてきた。

「えぇ、大丈夫です」

声が震えないように注意しながら、私はそう言って顔をそむける。

「彼女は怪我はしていません、ただ気に当てられただけですから」

「そうでありますか。あなたは優勝候補でありますからね、パートナーが不在のせいで不戦勝になる、なんて事態にならなくてよかったでありますよ」

ローレッタ姉さんはそう言い残すと、あっさりと去っていった。

彼女の背を見ながら、私は生唾を呑《の》み込む。

本当にクルミのことが心配でわざわざここまで来たのだろうか？

もしかして、私の正体に気付いているんじゃないだろうか？

私が悩んでいると、背後で医務室の扉が開く。

「ユーラさん、着替え終わりました……あの、どうしたんですか？」

「い、いや、なんでもないよ。それより、クルミ。本当に着替えたのか？」

さっきと見た目は変わってないみたいだけど。

「はい、スカートの下にズボンを穿《は》きました」

クルミはそう言ってスカートの裾を掴《つか》んで捲《まく》りあげ、私に半ズボンを見せてきた。

その恥ずかしいポーズに「さっきの羞恥心はどこにいったんだ」と私はため息をついた。

◇◆◇◆◇

第一試合で、僕、クルトは闘技場の舞台を叩き割るという誰にでもできる不意打ちでイオンさんを場外に落とし、なんとかユーラさんの役に立った。

でも、それだけじゃダメだ。

僕が闘技場を叩き割るところは見られてしまった。

次の相手に同じ不意打ちは通用しないだろう。

たとえ、僕が第一試合のように舞台を叩き割ったとしても、ある程度器用な人なら、場外に落ちる前に舞台の修復を済ませてしまう。いや、武道大会の決勝トーナメントまで残っている人達だ。舞台が壊れる前に、逆位相の攻撃をぶつけて衝撃を完全に緩和させることくらいしてくるはずだ。

少なくとも、僕ならばそうするから。

こうなってしまえば、斧を振り回すことしかできない僕じゃ、試合中に出番はない。

ユーラさんの言う通り、邪魔にならないように舞台の端で待っているか、自分から場外に落ちるしかないだろう。

でも、それだけじゃダメだと思う。

僕にできることはなにか？

ルールを再度確認する。

勝負は男女二対二の戦いで、得物は自由。ただし、手に持てない道具――攻城用のバチスタなどの使用は禁止。

……手に持てるものは自由？

それならば、あれが使えるんじゃないかな。

僕は予備の闘技場に向かうため、一緒に街を歩くユーラさんに尋ねた。

「ユーラさん、まだ時間がありますか？」

「ん？　試合開始までは少し猶予があるけど、どうした？」

「道具を作ろうと思います。僕、攻撃用の道具とか作るのはあまり得意じゃないけど、それでも、できることはしておきたいんです」

「……時間は二十分もないぞ？　作れるのか……は聞くまでもないか」

ユーラさんは苦笑し、「やれるだけやってみたらいい」と言ってくれた。

「道具は持っていますから、五分で終わらせます！」

僕はそう言って、スカートの中に隠していた、使い慣れた鞄《かばん》を取り出す。

「……どこに隠しているんだ、どこに」

呆れたようにユーラさんが言うけれど、でも、この鞄ってこの服に合わないからね。

「ん？　クルミ、その鞄……いや、同じ村の出身だから、同じ物があっても不思議じゃないか」

「え？」

これ、どこにでもあるような鞄だけど、気になったのかな？

「いや、なんでもない。それで、なにを作るんだ？」

「ちょっとした装飾品です……」

でも、これだけじゃ道具も素材も足りない。

……あ、あのお店は。

「ユーラさん！　あそこです！」

「あそこって……硝子《がらす》細工の店？」

「はい、あそこなら、僕が欲しいと思っている物を作れます！」

僕は店に入ると、硝子細工の店の店長さんに事情を説明して、作業場を少し借りられないか尋ねた。

店長さんは最初、少し渋った顔をしていたが、ユーラさんがなにかを握らせたところ納得してくれた。

たぶん、お金だろう。

あとでユーラさんに返さないといけないな。

僕は作業小屋を借りて、それを作り始めた。

素材と道具を準備する僕を見て、ユーラさんが尋ねてくる。

「クルミ、なにを作るんだ？　いい加減に教えてくれないか？」

「眼鏡《めがね》です」

「眼鏡か。で、どんな凄い眼鏡なんだ？　眼鏡から火炎光線が出る魔道具とかか？」

「目から火炎光線って、ゴーレムじゃないんだから、そんなの出しませんよ」

「いや、目から火炎光線が出るゴーレムって私は知らないんだけど、そんなのあるのか？」

「え？　ないんですか？」

どうやら、ユーラさんは知らないらしい。

道を塞ぐ岩を破壊するのに便利なんだけど。

あぁ、都会じゃ岩が道を塞ぐことなんてないから、目からレーザーが出るゴーレムは必要ないのかな？

「でも、これは目からレーザーは出ませんよ。レーザーを防ぐことくらいならできますけど」

僕はそう言って、チャチャっと完成させた眼鏡をユーラさんに見せた。

怪訝な表情を浮かべるユーラさん。

まぁ、見た目からして普通の眼鏡じゃないからその反応も当然か。

なんといったって、これは眼鏡は眼鏡でも、夕日が眩《まぶ》しいと思った時にかけるサングラスだから。

「……ちょっと目を離したうちに完成している。いったい、いつの間に作ったんだ？」

「え？　だって、サングラスを作るのってスピードが大事なんですよ？　太陽が眩しいと思った時に、近くで竈《かまど》を作って、珪砂《けいしゃ》とか使ってささっと作るものですよね。作るのが遅かったら、先に太陽が沈んじゃいますよ。夜になるとサングラスは危ないです」

「そうなの……か？　……すぐに使うためだけにサングラスを自作したりしないと思うけど……」

そうなのかな？　だけどやっぱりちゃんとした冒険者だと、そういった事態に備えてサングラスくらい常備してるんだろうな。

僕が納得していると、ユーラさんが首を傾げた。

「というか、サングラスなんて何に使うんだ？」

「閃光弾《せんこうだん》を使います」

「閃光弾？」

「光の魔法晶石を爆発させる、瞬間的な目くらましです。僕とユーラさんがサングラスをかけた直後、この閃光弾を弾けさせ、光の爆発で目が眩んだところで、ユーラさんが攻撃を仕掛ければ簡単に敵を倒せます」

「卑怯《ひきょう》な気もするし、光の魔法晶石を使い捨てってのも勿体《もったい》ない気がするが……うん、悪くない戦法だ。過去の大会で光の魔術師が同じような方法を使った記録もあるし、反則にはならないだろう」

よし、ユーラさんのお墨付《すみつ》きも得られた。

これで、二回戦も勝ち上がってみせる。

ユーラさんに少しでも恩返しできるように、もっといろいろと作戦を考えないと。


僕達は会場に向かっている途中、意外な人を見つけた。

僕、リーゼさんと一緒にこの島に来た冒険者の一人、カカロアさんだ。

さっきまで、同じく一緒にこの島に来た冒険者のユライルさんの試合が行われていたはず。てっきりカカロアさんは会場に残って他の試合を見ているか、それとも試合が終わったユライルさんを労《ねぎら》っていると思っていたんだけど。

「クルミ様、第一試合の勝利おめでとうございます。少々時間をよろしいでしょうか？」

僕を見つけたカカロアさんが、そう声をかけてきた。

「熱心な追っかけには見えないけど……クルミ、知り合いかい？」

ユーラさんの質問に僕が答える前に、カカロアさんが答える。

「はい。以前、クルミ様にとてもお世話になりましたカカロアと申します」

カカロアさんがそう言って頭を下げた。

前にリーゼさんと話をした時、カカロアさんも一緒にいたから、彼女はクルミとクルトが同一人物であることを知っている。

「ふぅん……悪いが、試合まで時間がないんだ。話なら試合が終わってからにしてもらえるかい？」

ユーラさんがそう断りを入れようとしたのだが、カカロアさんは首を横に振る。

「そうお時間は取らせません。クルミ様とユーラ様が出場なさる試合まで、まだ時間があります。なにせ、一つ前の試合が一時間も長引いたので、今はクルミ様達の一つ前の試合が行われているところです」

「一時間も？　なにがあったんだ？　試合の制限時間は一時間だから、よほどのことがない限り、さらに一時間も時間が伸びることはないはずだが」

「ココラ・ユライルのペアに問題が起きて、審議が長引いていたようです」

「ユライルさんになにかあったのですかっ⁉」

カカロアさんの言葉に、僕は思わず声を上げた。

もしかして、大きな怪我をしたんじゃないか？　だとしたら、すぐに治療《ちりょう》にいかないと。

しかしカカロアさんは首を横に振った。

「試合は一時間続き、結果はココラ・ユライルペアの判定勝ちでした。時間が押していたため、すぐに次の試合が始まるはずでしたが、物言いが入りましてココラ様の身体検査を行うことになりました。ココラ様は最初、その身体検査を拒みましたが、最終的には合意。結果、男性として登録していたココラ様が女性であることが判明したのです。前代未聞の出来事に、審判団及び貴賓席のスポンサーが集まって話し合いが行われ、結果、ココラ・ユライルペアの反則負けが決定――」

淡々と語るカカロアさんの話を聞き、僕は汗が止まらなかった。

まさか、僕以外にも性別を偽って参加している人がいるなんて、思ってもいなかった。

このまま僕の女装もバレて、僕のせいでユーラさんが反則負けになったらどうしよう。

隣にいるユーラさんを見た。

「……そう……か……残念だな。ユライルも……そのココラって奴も」

ユーラさんの声も震えている。

ユーラさんは、数えるほどしか会話したことがないユライルさんだけでなく、会ったこともないココラって人に対しても、まるで自分のことのように同情しているように見えた。

「審議の結果が出るまで一時間の時間を要したため、ココラ・ユライルペアの次の試合で、クルミ様、ユーラ様が行う一つ前の試合――アッパー・カットペアとドキュン・ムネアツペアの開始が、今から十分後となっています。そのため、お二人の試合は一時間十分後になります……そこで、クルミ様、少々お時間をよろしいでしょうか？」

カカロアさんに尋ねられ、僕はユーラさんを見た。

ユーラさんは引きつった笑顔で、

「あ……あぁ、行ってくるといいよ」

と僕を促してくれた。

カカロアさんに連れてこられたのは、関係者以外立ち入り禁止のＶＩＰルームのある区画だった。王侯貴族のみが立ち入ることを許される場所らしく、僕には酷く不釣り合いな場所に思えてくる……いや、違った。ＶＩＰが多いため、給仕をしているメイドさんが大量にいる。そのため、メイド服姿の僕にはある意味ピッタリの場所だった。

もしかして、人手不足で僕に働いてほしいのかな？

カカロアさんが一際豪華な部屋の扉をノックして、ドアノブを握る。

その直後だった。

扉の中からタタタタタっと少し高いヒールの足音が聞こえてきて、扉が開くと同時にその足音の主が僕に抱き着いてきた。

リーゼさんだった。

「クルト様」

「えっと……二十一回ですね」

「数えていらっしゃったのですか？」

僕の名前を二十一回連呼するリーゼさんの横で、リーゼさんと一緒に部屋にいたらしいユライルさんが、僕が回数を数えていたことに驚いていた。

まぁ、自分の名前だし、回数は数えられる。

「あぁ、クルト様、怪我は、怪我はないのですか？」

「はい。大丈夫です……あの、リーゼさん、少し離れてください。苦しいです。あ、スカートの中に手を入れないでください」

「リーゼ様、落ち着いてください。先ほども申し上げたように、クルト様は威圧に当てられて気絶しただけですから、外傷はありません」

リーゼさんはユライルさんに引きはがされた。

そうか、リーゼさん、僕が気絶したと聞いて心配していたのか。

スカートの中に手を入れていたのは、僕がお尻から倒れて気絶したから、痣《あざ》ができていないか触《しょく》診《しん》していたのだろう。

「すみません、心配をおかけしまして。あと、ユライルさん。試合、残念でしたね」

「……はい。抗議はしたのですが、反則負けだと言われました」

「私もなんとか彼女達の参加の継続を望んだのですが、男女ペアでないと試合は続けられないと……ユライルさんが男だったら問題なかったのにと言われました……非常に残念です」

リーゼさんはそう言って僕の手を取る。

全然残念そうな顔をしていない気がする——というより喜んでいるように見える。それに、ユライルさんも、試合が負けになっているのに辛そうには見えない。

きっと、僕の試合に影響が出ないようにという配慮だろう。

「それで、リーゼさん。僕はなにをすればいいのですか？　あ、とりあえず紅茶を淹《い》れましょうか？」

「それはとても魅力的な提案です。泥水にも飽きましたので」

「泥水？」

この町では泥水を飲む習慣でもあるのだろうか？

あんまり体にいいイメージはないけれど。

「いえ、なんでもありません。紅茶を淹れていただくのも魅力的で、是非お願いしたいのですが、クルト様をお呼びしたのは仕事ではありません。もっと特別な理由です」

リーゼさんは急に真剣な目をして、僕に言った。

「クルト様、次の試合、棄権なさってください」

◇◆◇◆◇

「クルト様、次の試合、棄権なさってください」

私、リーゼロッテはクルト様を呼び出し、そうお願いをしました。

懇願《こんがん》といってもいいお願いです。

私は、クルト様と戦う可能性がある全ての参加者の試合をこの目で見て、その実力を確かめていました。

本当ならばクルト様が運び込まれた医務室に、いの一番に駆けつけたかったのを堪《こら》え、試合の観戦をしていたのもそのためです。

その中でも、次の試合の対戦相手、特にメイド仮面という女は非常に危険です。

試合中の動きには一切の無駄《むだ》がなく、それでいて気配というものをまるで感じさせない。どれだけ動いても息を乱すどころか、まるで呼吸そのものを必要としていないように見えました。

普通の人間とは思えません。

魔族や悪魔が人間に化けていると言われた方がまだ納得できます。

しかも、拳の一撃による破壊力は、おそらくオークロードどころか、クルト様の斧の一撃を凌駕《りょうが》するかもしれません。

前の試合での対戦相手の男性はなんとか一命をとりとめましたが、今も意識を失っているようです。しばらくの間、まともな食事はできないでしょう。

もしもあの一撃がクルト様に向かっていたらと思うと、私は恐ろしいです。

ですから、クルト様には棄権を促すことにしたのです。

しかし――

「すみませんが、それはできません」

クルト様から出た言葉は、拒否でした。

それは想定の範囲内です。

「一緒に試合に出るユーラさんのことを思っていらっしゃるのですね。でも、もし、クルト様が男であるとバレた場合、一番迷惑がかかるのはユーラさんですよ？　試合のことなら安心してくださ い。特例ですが、ユーラさんのパートナーとして、ユライルさんが代理で出場できる許可を取りま した。ユライルさんはパートナーが性別を偽っていたということで反則負けになりましたが、彼女 に落ち度がないことは審判団にも観客にも伝わっています。ユーリさんのことは、ユライルさんに 探してもらいましょう。名前も似ていますから、いいパートナーになれますわ」

話を聞いたところによると、クルト様が試合に参加している理由は、最初はゴルノヴァに似た男を見つけたから。そして現在は、ユーリシアさんを見つけることと、ユーラさんのパートナーであるという責務だけ。

全てをクリアにした場合、きっとクルト様は大会に出る理由がなくなる。いえ、自分から試合の参加を辞退する。

そう思っていました。

しかし、それは間違いでした。

「リーゼさん、僕はきっと我儘《わがまま》なんです」

「我儘……ですか？」

あまりにもクルト様と縁遠い言葉に、私は思わず鸚鵡返《おうむがえ》しで尋ねます。

「はい。リーゼさんの話を聞くと、ユーラさんのために、僕は出場を辞退した方がいいんだと思います。でも、それはしたくないんです」

クルト様はそう言って拳を握りしめました。

「僕は戦闘では役に立たない。だから大人しくしていよう。いつもそう思っていました。『炎の竜牙』にいた時も、そして『サクラ』のみんなと一緒に冒険した時も。でも、決勝トーナメントに残って一回戦で戦って、二回戦の作戦を考えて、僕は思ったんです。なんの取り柄もない僕だけど、それでも考えることが僕の力になるんじゃないかって。それで、みんなの戦いの役に立てるんじゃないかって。だから、僕は試合に出たいんです。きっと、ここでユライルさんの方が強いからっていう理由で交代したら、きっと僕はなにもできない人間のままだと思うんです」

そう言うクルト様の目は真剣でした。

なんの取り柄もない云々《うんぬん》はこの際聞かなかったことにしますが。

「確かに我儘ですね」

「……やっぱりそうですよね」

「ですが、我儘でいいではありませんか。我儘とは、自分の道を決めて進むことなのですから。頑張ってください、クルト様。もしクルト様が男だとバレても、私が全力でフォローします。その代わり」

私はクルト様の手を掴《つか》んで言います。

「絶対に無茶だけはしないでくださいね」

「はい、精いっぱい頑張ります！」


クルト様の二回戦が始まるまであと少し。私は貴賓席で、平静を保つのに必死でした。

あの時のクルト様の目を思い出すだけで、もう顔のニヤケが止まりません。

まだ、貴賓席からその御姿を確認することはできませんが、今頃は入念な準備をなさっていることでしょう。

「よろしかったのですか？　行かせてしまって」

ユライルさんが今更のことを仰《おつしや》いました。

「よろしかったかよろしくなかったかで言えば、絶対によろしくありません。しかし、クルト様の男らしいあの目を見れば、私に止めることができるわけがありません」

「外見だけなら姫様以上に女らしかったですけれどね」

「……ユライルさん」

「失礼、言葉が過ぎました。お許しください」

まったく。

ユライルさんとカカロアさんが所属するファントムは、第三席宮廷魔術師であるミミコ様直属の諜報部隊《ちょうほう》です。そのため王家とは独立した組織という名目ではありますけれど、現在は私の護衛として動いているのですから、言動には気を付けていただきませんと。

もっとも、その程度の些事《さじ》で動く感情など、クルト様との先ほどのやり取りを思い出せば、強風の前の霧《きり》のように散ってしまいます。

「ユライルさん、カカロアさん。申し訳ありませんね。わざわざあなた達を失格にしての説得でしたが、無駄に終わってしまいました」

私が謝罪すると、二人は苦笑して首を横に振りました。

当然、クルト様は気付いていないでしょうけれど、ユライルさんのパートナー、ココラの正体はカカロアさんであり、彼女の男装を指摘して失格させたのは私です。

クルト様に、女装の危険性を教えるつもりだったのですが……その必要はなかったようです。

もっとも、彼女は気付いているのでしょうか？

女装ではなく、男装の危険性を。

と、その時、会場の歓声が一際大きくなりました。

舞台の上に、クルト様と、そのパートナーのユーラさんが上がったのです。

私はクルト様ではなく、その横にいるユーラさんを見据え呟きました。

「……クルト様に怪我をさせたらタダではすみませんよ、ユーラさん……いいえ――」

第一試合、クルト様が気を失った後、彼女が抜いた雪華を見てようやく確信が持てました。

まったく、あの程度の変装、すぐに見破れないとは私もまだまだですね。

「タダではすみませんよ、ユーリさん。本当に」

私はそう言って、微笑みました。

◇◆◇◆◇

舞台に上がった私、ユーリシアの背中を、悪寒が走り抜けた。

なんだ、今のは？

対戦相手の出入口からの敵意ではない。

もっと違う方向から、恐ろしい相手に殺気を向けられた気がする。

いや、今考えても仕方ないか。

私は思考を切り替えて、対戦相手であるパープルとメイド仮面が出てくるであろう出入口に目を向ける。

二回戦は定時より一時間遅れで始まろうとしていた。

私とクルミのファンは一回戦より増えているようで、巷《ちまた》でオタ芸と呼ばれるらしい、妙に統一された動きとともに声援を送ってきていた。

クルミの奴、相変わらず不安そうにもしているし、緊張もしている。それでも、一回戦の頃に比べると、どこか憑き物《つきもの》が落ちたように見える。

きっと、さっきの知り合いにいいことを言われたのだろう。

だからこそ、私は申し訳なく思う。

もしも私が女だとバレたら、クルミにまで迷惑をかけてしまう。

彼女のことを思うのなら、ここで棄権した方がいいかもしれない。そう思ってしまった。

そんな時、私を突き動かすのはあいつの言葉だ。

『――ユーリシアさん』

無邪気な顔で私の名前を呼ぶクルト――あいつに、これからもそう呼んでほしい。

クルトの隣で歩いていきたい。

だから、私はこの試合で負けるわけにはいかない。

――なんてな。

そんなことばかり考えているせいで、目を閉じればクルトの声が聞こえてくるようだ。

「ユーラさん」

「なんだい、クル……ミ」

危ない危ない、いま、クルミのことをクルトと呼びそうになった。

クルトと同じ村の出身で、声質や性格がそっくりなクルミがいっつも重なってしまう。

性別が違うというのに。

「僕、審判さんに事情を説明して、サングラスを渡してきますね」

「あぁ、そうだな」

今回の試合では、閃光弾――光の爆弾みたいなものを使う。

殺傷能力はないが、数秒から数十秒、なにも見えなくなってしまう。それを防ぐにはクルミが作ったサングラスを着用する必要がある。

理想でいえば、相手の視力が戻る前に決着をつけたいが、その時に審判の視力が戻っていないと困る。

ルールでは、対戦相手が気絶したり場外に落ちたりすれば勝ちになると書かれているが、正確には少し違う。

対戦相手が気絶、または場外に落ちたことを審判が確認し、私達に勝利判定を下した時に勝ちになるのだ。

クルミが審判にサングラスを渡しながら、作戦を説明しているようだ。

審判はクルミの話を素直に聞き、サングラスをかけた。

審判は太陽を見てから、笑顔でクルミになにか言っている。きっとサングラスの性能を褒めているのだろう。

クルミが手を叩いてなにか言っている。たぶん、似合っていると褒めているのかな。

そして、クルミが戻ってきた。

「ちょうど相手も来たようだな」

舞台の反対側に現れた、仮面を被ったメイドと紫髪の男。

パープルの方は、気配だけでもそこそこの剣士であることが窺《うかが》える。

それより、問題はメイド仮面の方だ。

気配を読むどころか、気配を感じることすら困難なのだ。

隠形《おんぎょう》に長《た》けているのだろう。気配の読み合いを得意とする私にとっては厄介《やっかい》な相手だと言える。

本当にクルミの光の爆弾がうまくいくことを願いたい。

「会場の皆様、長らくお待たせしました！　間もなく、二回戦、ユーラ・クルミペア対パープル・メイド仮面ペアの試合をはじめます！」

審判がそう言うと同時に、私は右手を雪華の柄にかけ、後ろ手でサングラスを持つ。

クルミも鞄の中に手を入れた。

観客達から熱気を帯びた歓声が沸き上がる。

こりゃ、試合が開始直後に終わり、しかもその瞬間が光の爆弾のせいで見えなかったとなれば、ブーイングは免れないだろうな。

でも、私は観客を楽しませるためではなく、勝つために戦う。

観客のことまで考えていられない。

「メイド仮面の言う通り、本当に上がってきやがったな。死にたくなければとっとと降参しな、優男《やさおとこ》に嬢ちゃん」

パープルが挑発するように私達に言う。

自分達が負けるなんて全く思っていないようだ。

ていうか、試合開始の合図を待つだけなのに、構えもしないあの男はいったいなんなんだ？

自分は戦わないつもりなのだろうか？

まぁ、一対一になれば負けないだろう。今はメイド仮面に注意するんだ。

「試合、開始っ！」

サングラスをかけた審判がそう言った直後、私もサングラスをかけ、剣を抜いて前に出た。

直後、光が全てを呑み込んだ。

「ぐあぁぁぁぁっ！」

パープルの情けない声が聞こえてきた。

太陽よりも眩しい光で、世界が白く染まる。サングラスをかけていてこれだ。

光の対策をしていなかった相手は、まともに目を開けていることができないだろう。

この隙に、一気にメイド仮面を場外に――

だが、私の思惑に反し、動けないはずのメイド仮面が一気にこちらに詰め寄ってきた。

嘘だろっ!?

私の動きを予想して迎え撃ってきたのか？
私は咄嗟《とっさ》に横に飛ぶ——が、メイド仮面も私の飛んだ方に飛んだ。
気配を読んでいるのか？
それとも足音で？
いや、違う——信じられないことだが、あのメイド仮面、視力を失っていない。
メイド仮面が拳を振るってきた。
私は剣で迎え撃つ。
……なっ！
私の剣はメイド仮面の拳を弾き返した。
——そう、弾いたんだ。
斬れなかった。
無意識に手加減していたわけではない。
いや、手加減していたとしても、斬れないわけがない。
メイド仮面の拳が、雪華と互角の強度ってどういうことだ？
光の爆弾が通用せず、剣でも斬れない。
そんな人間が本当にいるのか？

◇　◆　◇　◆　◇

ユーラさんとメイド仮面さんの戦いが激化している。

なぜか、メイド仮面さんは閃光弾にも耐えたようだ。

僕、クルトの渾身《こんしん》の作戦は失敗した。

「……あ」

僕はあることを思い出した。

このままでは大変だ！

僕は急いで、パープルさんのところへ走った。

パープルさんは目を押さえて呻《うめ》いている。

「パープルさんっ！」

「その声は、クルかっ！　なんでてめぇがここにいやがるっ！」

パープルさんがそう叫び、剣をぶんぶん振った。

視力が戻っていないようで、僕に剣が当たることはない。

間合いにいれば僕には避けることはできなかったけど、今は間合いの外にいて助かった。

それでも、僕はドキッとした。

パープルさんが僕の名前を呼んだその声が、まるでゴルノヴァさんが僕の名前を呼ぶ声のようだったから。

でもそれは、クルミのクルだと気付いて納得する。

って、それどころじゃない。

「パープルさん、よく聞いてください。さっきの凄い光。メイド仮面さんは平気のようだし、離れた観客席の人は大丈夫ですけど、あなたはその影響を強く受けています。このままでは、視力が著《いちじる》しく低下する恐れがあるので、一度目薬をさしてください」

「うるせぇっ！　俺様がこんな目に遭《あ》ってるのは全部お前のせいだろうが！」

確かに、閃光弾を作ったのは僕だ。

そんな僕の言葉を信用しろっていうのはムシがよすぎる。

でも、いくら試合に勝つためとはいえ、相手の今後の人生にまで影響が出るようなことをしたくない。

ユーラさんには、万が一メイド仮面さんを倒せなかった時は、この薬を使うと説明しておいたので、問題ない。

さらに、その時にユーラさんが言っていた。

『一番の問題は、その薬を使う時、パープルがクルミの言葉を信じてくれるかってところだな』

その通りだった。

でも、僕には必死に説得するしかない。

「お願いです！　薬を使ってください」

僕の必死の説得に、パープルさんはため息をつき、

「……わかったよ。ただし、俺様に近付くな。おい、審判！　こいつが俺様に薬を渡そうとしているのだが、それはルール上問題ないのか？　ていうか、部外者がこんなところまで来てもいいのかよ」

パープルさんは審判がいるところとは全く別の方向に向かって叫んだ。

「え？　部外者？　はい、ルール上は何も問題ありません」

「ずいぶん甘いルールだな――クル、目薬を投げろ！」

審判が戸惑いながら答えると、パープルさんはそう言って、左手を上げた。

どうやらわかってくれたようだ。

僕は言われたまま、目薬の入った瓶《びん》を投げる。


カランカラン。


……目薬はパープルさんの手前に落ちた。

「あぁ、ごめんなさい、ごめんなさい。物を投げるのが苦手で」

「……ったく、お前はいつもそうだ」

え？　いつも？

よくわからないけれど、パープルさんは諦めたような感じで僕が投げた薬瓶を手探りで手に取ると、瓶のふたをあけて豪快に顔にかけた。ゴルノヴァさんがよくやる目薬の使い方だった。

「……クルの目薬を使うのは久しぶりだな……効果もいつも通り……ん？　給仕？」

パープルさんが僕を見て怪訝な表情を浮かべた。

「……クルの声だと思ったが、いや、でもこの薬……」

すると、パープルさんは僕と薬瓶を見た。

「そうか……そういうことかよ、ふざけやがって」

荒い口調のパープルさんは、途端に機嫌が悪くなっていった。

「最後までふざけたことしやがって。やっぱりお前はここでぶっ殺しておかないといけないようだな」

荒い口調のパープルさんは、剣を抜いて僕に突き付けた。

よくわからないけれど、パープルさんは本気だ。

殺すのは反則にもかかわらず、パープルさんは本気で僕を殺そうとしている。

その迫力に、僕は一歩も動けなくなってしまった。

◇　◆　◇　◆　◇

なにか弱点はないのか。
私、ユーリシアはメイド仮面の動きを観察した。
これだけ激しい死闘を繰り広げていても、メイド仮面の息は全く乱れていない。
スタミナも私より上に違いない。
まるでゴーレムとでも戦っているかのようだ。
……その時、私の頭の中にある疑念がよぎった。
それが隙となり、メイド仮面の掌底が私の鳩尾《みぞおち》に当たった。
「がはっ」
吐血し、吹き飛ばされてしまう。
後頭部を守ろうと体を捻《ひね》って受け身を取ったが、舞台の端まで転がっていく。
頭から血が流れ、少し冷静になれた。
無限のスタミナ、気配のない動き、頑丈な体。
普通の人間ではありえない。
もう考えるのはやめた。

あのメイド仮面は普通の人間ではないと断定する。

そういえば、ゴーレムとの戦い方を、クルトから聞いた覚えがあるな。

正確には、クルトがシーナに話して、その又聞きだけど。

『アイアンゴーレムの関節とか付け根は、魔力で繋《つな》がっているだけってことが多いんです。だから、ちょっと短剣を突き入れて魔力の繋がりを絶てば、簡単に破壊できるんですよ』

短剣を突き入れるだけで魔力の繋がりを絶つ——普通、そんなことはクルトにしかできない。

しかし、私にはあの技がある。

「一か八か……」

顔を上げると、メイド仮面が迫ってくるのが見えた。

ここしかないっ！

私は起き上がりざまに剣を振った。

「秘技、魔法吸剣《ドレインソード》っ！」

次の瞬間、なにをしても斬ることができなかったメイド仮面の手首が吹っ飛んだ。

観客席から、悲鳴が聞こえる——が、すぐに彼らも異変に気付いたようだ。

そりゃ気付くだろう。

なにせ、手首が飛んだというのに、血が一滴も出ていないのだから。

断面はよく見えないが、人間のそれとは大きく異なっている。

私が使ったのは魔力を吸収する魔法吸剣《ドレインソード》。完全に継ぎ目を斬ることはできなくても、斬った場所の周囲から魔力を根こそぎ吸い取ることができるのだ。

もちろん、この剣技にもリスクはある。

(あぁ……これで絶対、リーゼの奴には私の正体がバレちゃっただろうな)

貴賓席にいるであろう色ボケ王女様を思い出して、私はため息をついた。

しかし、まぁこの勝負、私の勝ちだな。

だって、審判に相手がゴーレムだと伝えれば、相手の反則負けが確定する。

しかし——

「敵対者、ユーラを脅威と判定。戦闘モードから殲滅《せんめつ》モードに移行します」

メイド仮面が突然、そんな宣言をした。

待て、今までのは本気じゃなかったってことか?

そう思った次の瞬間だった。

メイド仮面から放たれた謎の怪光線が私の顔面に迫ってきた。

避けられるわけがない。

怪光線が命中し、私はあまりの衝撃に後ろに倒れ込んだ。

「対ゴブリン用破壊光線の命中を確認——殲滅モードを解除します」

メイド仮面が勝利宣言をして背を向けた。

しかし私は笑いそうになる……いや、実際に声を出して笑ってしまった。

その笑い声に気付いて、メイド仮面が振り返る。

「――っ⁉」

メイド仮面の表情は、やはり仮面のせいでわからない。

それでも、彼女の感情はよく伝わってきた。

「ゴーレムでも油断するし、驚きもするんだね」

私はそう言って、メイド仮面を組み伏せて首を押さえつける。

首が勝手に動きだし、再度怪光線を放たれたら困るからな。

「原因探索――エラー……対ゴブリン用破壊光線が命中したのは確認済み――いったいなぜ」

「いったいなぜって、命中したよ。凄い威力だった。衝撃も凄いし、私も倒れたよ――でも、これが防いでくれたのさ」

私はそう言って、サングラスを外し、メイド仮面に見えるようにその前に投げた。

メイド仮面の怪光線により、右側のレンズが砕けてしまっている。

クルミが作ったサングラス――レーザーは放てないが、レーザーを受け止めることはできると言っていた。

その時は、なんの冗談だと思ったけれど、なるほど、こういうことか。

「サングラスで対ゴブリン用破壊光線を防ぐとは――不明、不明、不明、エラー、エラー、不明」

「あぁ、驚いているところ悪いけれど、あんたに聞きたいことがある」

幸いというか、審判はこのあまりの状況についてこれけず、試合終了の宣言をしない。

今のうちに事情聴取を済ませるか。

というか、もうおおよその見当はついている。

目からビームを放ち、話すことができる人間そっくりのゴーレム。

しかも、対ゴブリン用破壊光線――たかがゴブリン相手にそこまでの武器を用意する心構え。

この仮面メイドを作ったのは、ハスト村の人間だ。

もしかしたら、あのパープルっていう奴もハスト村の人間という可能性もある。

思い出してみれば、クルミが探していた人間というのが、パープルのそっくりさんだって話だし、実はパープルが偽名で、本当はやはりクルミが探していた人物だったという可能性もある。

そう思ってパープルの方を見ると、奴はクルミに剣を突き付けていた。

「あのバカっ！　大人しくしておけって言ったのに――いや」

悪いのは私か。私がメイド仮面を倒せなかったから、クルミがパープルを治療しにいったということか。

そして、治療してやった恩を仇《あだ》で返された……と。

「クルミ、場外に逃げろ！　こっちは終わったから私がなんとかする！」

そう叫んだが、クルミの耳には届いていないようだ。

その原因は、私の声と重なるように、言い続けるメイド仮面の言葉のせいだ。

「不明、エラー、不明、エラー」

「うるさいぞ」

「他の対ゴブリン用兵器の有用性の確認を急務とします。実証モード作動――」

メイド仮面がそう言った直後、首が外れ、体だけが起き上がった。

首を外して体を動かせるのかっ⁉

そして、起き上がった体は右手を前に出す。

「対ゴブリン用汚物洗浄火炎放射」

斬り落とされた手首から、炎が蛇のようにうねりを上げてクルミ目がけて飛んでいく。

「クルミっ！　避けろっ！」

◇◆◇◆◇

パープルさんに剣を突き付けられ、僕は固まってしまっていた。

逃げないと――そうだ、場外に逃げないと。

「全部お前のせいだ、クル。お前が勝手にいなくなるから、俺様は衛兵に追われる羽目になったし、あのメイドにもひどい目に遭わされた」

なにを言っているのか全然わからない。

僕が勝手にいなくなったせい？

僕がパープルさんに初めて会ったのは、決勝戦トーナメントの前で、あの時はパープルさんの方から去っていったはずなのに。

混乱する僕に、パープルさんがさらに続ける。

「全部お前の——クルが俺様のパーティから勝手にいなくなったのがいけないんだ」

パープルさんが言った。

僕がパーティから勝手にいなくなったから？

僕が入っていたパーティって、「サクラ」での荷物運びを除けば、一つしかない。

「もしかして、やっぱりあなたは——」

僕の中で結論が出された——その時だった。

「クルミっ！　避けろっ！」

ユーラさんの声が聞こえた。

そちらの方を見ると、目の前に炎が迫ってきていた。

え？　これって、この炎って、僕が試作ゴーレムに実装していた、裏のおじさんが勝手に対ゴブリン用汚物洗浄火炎放射とか名付けていた除草用の火炎放射器？　庭の雑草を燃やして灰にするのに便利だからと搭載させておいたのに、なんで今？

疑問が僕の脳裏をよぎり、判断が遅れた。

ダメだ、避けられない――。

その直後だった。

僕の前にその人は立った。

僕を守るかのように。

いつものように。

炎がその人の背中に当たった。

「ぐあぁぁぁぁぁっ！」

炎の熱に、悲鳴をあげるパープルさん、いや――

「やっぱり、ゴルノヴァさん……また、僕を助けて……」

いつかゴルノヴァさんの役に立てるように、僕を何度も命がけで助けてくれた彼の役に立つようになろうと頑張って、努力して。

パーティを追い出されてから、工房主代理《アトリエマイスター》として働いて、みんなに認められて、少しは戦いでも役に立てるようになってきた。

そう思っていた。

でも、違った。

僕は、またゴルノヴァさんに助けられるだけの存在だった。

幕間話　尊敬される火竜の牙

私、ミミコが執務室で報告書を読んでいると、不機嫌な顔で、マーレフィスがお茶を運んできた。

「お茶が入りました……ミミコ様」

丁寧《ていねい》な動作で私の前にティーカップを置く彼女を見て、私は笑みを浮かべて言った。

「ありがとう。じゃあ、一緒に紅茶を飲みましょう」

「これは……私の分なのですか？　ミミコ様のために紅茶を淹れたのでは？」

「私の紅茶はここにあるから」

そう言って、マーレフィスからは見えないところに置いてあったティーカップを取り出す。

「お茶菓子も用意していますから、一緒に飲みましょう」

マーレフィスの顔が引きつった。

そして、覚悟を決めたように紅茶を飲む。

おそらく、雑巾《ぞうきん》を絞った水でも入っていたのであろうその紅茶を。

まだまだ、こんな様子じゃクルトちゃんとは外で会わせられないな、とため息をつく。

たぶん、私への嫌がらせが半分。そして私がお腹を壊してしまった時に回復魔法をかけ、私に恩を売りたかったのが半分といったところかな？

まぁ、その程度の嫌がらせ、私が宮廷魔術師への内定を貰った時から数えきれないほど受けてきたし、今更目くじらを立てることではない。

私も学生時代、嫌な先生にやってきたことだし。

って、そういえば、私も今は先生だったんだ。

生徒に嫌われないいい先生にならないとね。

ホムーロス王国タイコーン辺境伯領の、辺境町ヴァルハと領主町の間にある町、リクルト。

ここは、クルトちゃんが作ったばかりの開拓村なんだけど、もう開拓村という規模ではない町になっている。

そのリクルトには学校があり、私はそこで先生として働いていた。

宮廷魔術師なのに王都から離れてもいいのか？　と同僚には言われたけれど、この場所から半日の場所にあるヴァルハや領主町には転移石が設置されているし、ここで働くのはリーゼ様の命令だ。

なにより、この町の設備の大半は未知の技術でできているため、研究材料には事欠かない。

と、ちょうどその時ドアがノックされた。

「ミミコ先生。頼まれていた資料を持ってきました」

「ここに置いていいっすか？」

入ってきたのは、初等部でクルト君が担任を受け持っていた、ツーキさんとソードくん。二人は山積みの資料を置いた。

「うん、ありがとう——マーレフィス、お茶を植木鉢《うえきばち》に流したらダメよ」

部屋から出ていく二人に礼を言い、紅茶を捨てようとしていたマーレフィスに牽制《けんせい》を入れた。

ため息をつき、報告書を読む。

その中身はクルトちゃんが女装して武道大会に出場しているというものだった。

確かにクルトちゃんが女装したら絶世の美少女になるかな？　私にはかなわないと思うけどね。

それにしても、トレントキングを倒したり、ヒカリカビを焼却したり、クルトちゃんにはいつも驚かされるわ。

「ミミコ様、クルの報告書を読んでいるんですか？」

「あら、マーレフィス。なんでわかったの？」

「クルの報告書を読む時はいつも表情が豊かですから」

げんなりとした表情で紅茶を飲むマーレフィスも、相当に表情が豊かだと思うけど。

「美味《おい》しかった？　ティーポットの中にまだおかわりがあるんじゃない？」

「いいえ、あまり飲みすぎると花摘みが早くなりますから」

マーレフィスが「もう勘弁してください」というような表情になった。

まぁ、彼女も学校の雑用全般を処理する校務員として、よく働いてくれているし、一杯目は許してあげましょう。

「マーレフィス、今後はもっとクルトちゃんに尊敬される人になってね。どういうわけか、クルトちゃんはあなた達『炎の竜牙』の三人を今でも尊敬しているのよ」

私はそう言って、焼き菓子を一枚、口に入れた。

マーレフィスも口直しをせんと私に続いて焼き菓子を食べてから言う。

「クルが私達を尊敬するのは当然ではありませんか」

本当に当然と思っているように、マーレフィスが言った。

マーレフィスは、クルトちゃんの凄いところをほとんど知らない。

どういう理由かはわからないけれど、バンダナと名乗るレンジャーがクルトちゃんの実力を残りの二人に隠していたらしい。

それでも、自分が尊敬されて当然と思うのはどうかと思う。

「まったく、その自信はどこからくるのか」

「あら？　クルから聞いてないのですか？　だって――」

マーレフィスは語った。

なぜ、自分達が尊敬される立場にあるのかを。

それを聞いて、私は耳を疑った。

「リーダー……いえ、ゴルノヴァは何度も命がけでクルのことを助けているのですから。それこそ自分の身を犠牲にしてでも」

「本当なの？」

「三回ですね。ゴルノヴァがクルを庇《かば》って怪我を負ったのは。うち一度は、生死の境を彷徨《さまよ》うような大怪我でした」

マーレフィスが私に語ったことは、意外どころか信憑性《しんぴょうせい》に欠くものだった。

ファントムの調査によると、ゴルノヴァの性格は傍若無人《ぼうじゃくぶじん》そのもの。

他人のことより自分の身を一番とし、他人を庇って大怪我を負うなんて考えられない。

「……本当なの？　それ」

私は紅茶を飲む手を止め、マーレフィスの言葉に耳を傾けた。

「ええ、本当ですわ、ミミコ様」

逆に、マーレフィスは焼き菓子を食べる手を止めずに咀嚼《そしゃく》し、呑み込んでから続ける。

「――ん。私が治療したから間違いありません。ゴルノヴァはそのたびに大荒れしていましたから。『なんで俺様があんな雑魚を庇わないといけないんだ』と。宥《なだ》めるのは大変でしたわ」

庇わないといけない？

私はマーレフィスの言葉に引っかかりを覚えた。

それは、自分の意志ではなく、誰かの命令でクルトちゃんを守っているみたいな台詞《せりふ》だったからだ。

でも、やはりおかしい。

いくら命令されていたとしても、やはり自分の命とクルトちゃんの命を比べて、クルトちゃんを守るとは思えないのだ。

ゴルノヴァはクルトちゃんの力の秘密には気付いていないのだから。仮に気付いていたら、絶対にパーティから追放したりしない。

ただ、わかったことが一つある。

「クルトちゃんが『炎の竜牙』にあんなにこだわっていたのは、ゴルノヴァがクルトちゃんにとって命の恩人だったからなのね」

「そうですわ。そして、その治療をしていたのは私なのですから、クルが私とゴルノヴァを尊敬するのは当然なのです」

マーレフィスはそう言うと、「紅茶が冷めてしまいましたわね。淹れなおしてきます」と言って席を立った。

焼き菓子を食べて喉《のど》が渇いたのだろう。

雑巾の搾り汁入りの紅茶はもう飲みたくないので、淹れなおしてくるようだ。

私はマーレフィスの背を見送り、手を二度叩いた。

クルトちゃんのかつてのメンバーで謎があるのはバンダナってレンジャーだけだと思っていたけれど、ゴルノヴァにもなんらかの秘密があるのかもしれない。

天井から影が舞い降り、私の前で跪《ひざまず》く。

「……『炎の竜牙』リーダー、ゴルノヴァの周辺調査を頼みます」

「御意」

即座にその影は消え去った。

影が消えた場所を眺めながら、私は考え込む。

なんで、ゴルノヴァはクルトちゃんを助けたのか——と。

第2話　露わになる正体

私、ユーリシアは混乱していた。

なんで、パープルがクルミを助けたんだ？

メイド仮面の対ゴブリン用汚物洗浄火炎放射がクルミに向かって放たれたその時、パープルはクルミを庇うように仁王立ちになった。

その動きには、一切の躊躇《ちゅうちょ》もなかった。

まるで、クルミを守ることが自分の使命——いや、生きる意味のような動きだった。

「クルトの恋人《パートナー》の生命維持活動低下を確認。実証モードから救急モードに変更」

え？　いま、こいつ——「クルトの相棒《パートナー》」って言ったか？

その瞬間、私にも油断が生まれた。

メイド仮面の体が、私が抱え込んでいた首を蹴《け》って奪ったのだ。

衝撃で彼女の仮面が取れ、可愛らしい素顔が露わになる。

そして、彼女は床に落ちた手首を回収すると、大やけどを負って倒れたパープルを抱え、大きく跳躍——そのまま会場の外に逃走していった。

どうやら、試合は終わったらしい。

疑問はいろいろとあるが、私は目の前で起こった惨状《さんじょう》に、その場に崩れ落ちて動けなくなっているクルミを見た。

私が守ってやるって言っていたのに、メイド仮面を追い詰めたことで逆に怖い思いをさせてしまったようだ。

「クルミ、大丈夫かい？」

「は、はい。大丈夫です。すみません、いろいろあって」

「無理もないよ」

動揺《どうよう》しているのは、クルミだけじゃない。

観客達も、メイド仮面の手首が吹っ飛んだところから動揺が広がり、首が取れても動いた時に至っては、なにがなんだかわかっていない様子だった。

観客だけじゃない、審判も――か。

「審判、勝負はどうなったんだ？」

私はそう尋ねた。

「し、失礼しました。パープル・メイド仮面の場外につき、勝者、ユーラ・クルミペア！」

会場中に響き渡る宣言により、動揺が広がっていた観客席からも盛大な拍手が送られた。

ふぅ、一番の難題をクリアしたようだ。

このまま優勝を目指して頑張ろう。

決意を新たにした、その時だった。

『その審議に物言いがあるであります』

独特な言い回しの声が会場中に響き、次の瞬間、一人の女性が舞台に上がった。

ローレッタ姉さんだ。

手には、声を大きくする拡声の魔道具が握られている。

「ローレッタ様、物言いとは？　メイド仮面は普通の人間ではない可能性が高く、調査が必要ではありますが、どちらにせよ場外負けは確かで――」

『ルール上、人間以外の出場を禁止する名目はないであります。それより問題はあなたでありますよ、ユーラ殿』

ローレッタ姉さんが私を指さし、そして言った。

『あなた、女性でありますね』

――ヤバイ、バレている。

理由は思い当たる。

先ほど使った魔法吸剣《ドレインソード》。元々は魔法切りという秘技なのだが、それを私に教えてくれた人物こそがローレッタ姉さんなのだ。

そりゃバレるよな。

しかし、あの時はあの技を使う以外、勝ち筋が見えなかった。

「なんのことだ？」

私はそう惚《とぼ》けようとしたが、気付いた時、ローレッタ姉さんはナイフを投げていた。

全く手の動きが見えなかった。私に投げナイフを教えたのもローレッタ姉さんだったが、その腕は私を凌駕している。

ほぼノーモーションで投げられたそのナイフは、私の鎧《よろい》の留め具を破壊していた。

『それが証拠でありますよ』

彼女が言った——その瞬間、鎧で押さえつけられていた私の胸が解放された。

しまった、さっきの戦いで、胸を巻きつけていた包帯も切れてしまっていたようだ。もともと丈夫な包帯ではなかったから仕方ないだろう。

「え？　……ユーラさんが、女性？」

クルミが呆けたように言った。

「ごめんな、クルミ」

私は顔を伏せて、呟くように言った。

もう、誤魔化せそうにない。

諦めて、変声の魔道具を首から外す。

あぁ、せめてリーゼのような控えめなサイズだったら、まだ誤魔化せたかもしれないのに。

そんなことを思った、その時だった。

『その物言いに物言いがあります』

会場中央部の貴賓席から十数メートルの高さを跳躍し、回転と捻りを入れて着地する一人の女性がいた。

――リーゼだ。

当然、リーゼにそんなアクロバティックな動きができるはずがないので、百パーセント胡蝶《こちょう》――クルトが作った魔剣による幻影なのは間違いない。

ただ、その動きのおかげか、先ほどまでの会場中の剣呑《けんのん》とした雰囲気はなくなり、拍手が巻き起こっていた。

登場しただけで雰囲気を変えるとは。

でも、なんでこいつは出てきたんだ？

『ローレッタ様、ユーラ選手が女性であったとしても反則負けにはなりません』

リーゼも同じく拡声用の魔道具を持っているらしく、その声は会場中に響き渡る。

『ルール上、性別を偽っての出場は禁止であります。反則にならないわけがないではありませんか？』

『ローレッタ様、勝手にルールを改ざんしないでください。性別を偽っての出場は禁止されていません。ルール上、男女ペアでの出場が義務付けられているだけですよ？』

『同じではありませんか。実際、この二人は女性同士のペアであり、反則負けであります』

『確かに、そこにいる彼女――ユーリシアさんは、名前をユーラと偽っていました』

リーゼがわざわざ私の名前まで告げた。

なんで、そこまで言うんだ。最初から誤魔化せないと思っていたが、これで完全にアウトだ。

「ユーラさんが、ユーリシアさん⁉」

クルミが驚き、声を上げた。なぜか、私が女だと知った時よりも驚いている。

私とクルミの動揺を横目で見て、リーゼは微笑んだ。

『しかし、性別と名前を偽っていたのは、ユーリシアさんだけではありません――ね、クルミさん？』

クルミはリーゼの言葉に納得したように頷くと、自分の頭に手をかけた。

その直後――彼女の髪が外れた。

いや、どうやらカツラだったらしい。

長い髪の美少女が、短い髪の美少女に――美少女――いや、その髪は――

「クルトっ⁉　お前、もしかしてクルトかっ⁉」

「はい、まさかユーラさんがユーリシアさんだなんて思ってもいませんでした」

「私だって、そうさ。って、え？　なんで？」

私も髪型が違うだけで気付かないなんて――と思ったけど、おかしいだろ。

だって、クルミ、いや、クルトは自分の能力が異常であることに全く気付いていない様子だったのだ。

クルトの実力の誤解は解けたはずなのに。

『そう、クルミ選手の本名はクルト・ロックハンス。男性です！』

私が女性だったことがわかった時以上に、観客席からざわめきが聞こえた。

悲鳴が聞こえてくるが、なぜか歓声まで聞こえてくる。

『よって、男女ペアは成立しています。反則負けにはなりません』

リーゼが勝ち誇ったようにそう言い放った。

『待つであります。クルミ選手、いえ、クルト選手が登録受付をしたのは予選受付の最終日。その日は既に男性選手の受付は終了していたであります』

『あら？　あなたが言ったのではありませんか。「もう男性の参加受付は終わっているでありますが、特別に参加を認めるでありますよ」と。「出場させたいのならいつでも仰ってください」とも言いましたよね。そして私は、「その時はよろしくお願いします」と申しました。ですから、クルト様は出場したのですよ？』

『……確かに言ったでありますね』

ローレッタ姉さんがそう言って俯く。

この人はいろいろなことを画策するが、しかし、嘘はつかない。

結局、私とクルトの処遇は審判団が話し合うということになり、試合は名目上一時中断となった。

私とクルトは審議の間、待機のため、リーゼの個室に移動する。

控室には他の選手がいる。反則かどうか判断できていない私達をその中に戻したら、なんらかの問題に発展するかもしれないというリーゼの配慮だったが、おそらく、私とクルトが二人きりで話をできる場所を作ってくれたのだろう。

「ユーリシアさん、ユーリシアさん、ユーリシアさんっ！」

二人きりになった途端、クルトが泣きながら私に迫ってきた。

「わぁ、クルト、落ち着け！　こっちに来るなっ！」

私は抱き着いてきそうな勢いのクルトを突き放す。

突き放されたクルトは少し悲しそうな目をした。

私もクルトに抱き着きたい。

しかし、そうはいかない。仕方ないだろ。

包帯が切れてしまったせいで、私の胸は現在なにも着けていない状態なんだ。

こんな状態でクルトとハグなんてできない。

「とりあえず着替えてこいよ」

「あ、そうでした」

クルトを隣の更衣室に追いやり、私はその間に急いで自分の荷物から――

「あ、ユーリシアさん、その前に雪華の手入れの必要はありませんか」

「大丈夫だっ！　だから着替えてこい」

「はい」

危ない――服を脱いだところだった。

見られてないよな？

私は急いで下着を着けた。ふぅ、これで安心だ。

そして、私は鏡を見た。さすがは貴賓用の個室というべきか、大きな姿見だ。

そこには、短い髪の私が映っていた。

……昔はいつもショートヘアだったな。

「いつからだっけ……私が髪を伸ばし始めたのは」

たしか、子供の頃は髪が短かったはずだ。

そして、なんらかの理由で髪を伸ばしていた。

その理由はもはや思い出せないけれど、髪が短くなったことが、子供の頃の自分の意志を蔑《ないがし》ろにしてしまったみたいでいやな気持ちになる。

「はぁ……」

「ユーリシアさん、着替え終わりましたよ」

「おぉ、そうか」

さて、それじゃハグでもしますか……って、もうそんな空気じゃなくなってるよね。

私はそう言って振り返った。

――が、クルトは後ろを向いていた。

どうしたんだ？

「ユーリシアさん、服、着てください」

「え？」

私は改めて自分の体を見た。

うん、下着は着けている――生乳ではないから問題な――

「問題だらけだっ！」

下着をつけたことに安心し、肝心の服を着ていなかった。

私はクルトに背を向け、慌てて服を着る。

「あぁ、もう。クルトには、いつもこんな情けないところばっかり見られているな」

「絶対にそんなことありません！」

鏡の向こうで、クルトは私に背を向けたまま大きな声で反論した。

「僕、ユーラさんに惹《ひ》かれていたし、安心感があったんです。初めて会ったはずのユーラさんに。

少し不思議な気がしたんですけど、その理由が今わかりました。僕がユーラさんに対して持っていた感情は、僕がユーリシアさんに持っていた感情そのままだったんです」

「クルト……」

私だってそうだよ。

クルミに持っていた感情や思い。

奇妙奇天烈《きてれつ》だとか天然だとか可愛いだとか嫁にしたいだとか、いざという時には頼りになるとか、
こいつのために頑張りたいだとか。

そう思える感情は、全てクルトに対して抱いている感情そのものだった。

「……ん？　なぁ、今のクルトの台詞を聞くと、私は男らしいってことじゃないか？」

「そ、そんなことは言っていませんよ」

背中を向けていても慌てているのがわかる。

「クルト、もういいぞ」

「はい――あぁ、そうだ。ユーリシアさん。これ、どうぞ」

「あぁ、傷薬かい？」

さっきメイド仮面に殴られたところが少し痛むから助かる。

私はクルトから一本の薬瓶を受け取り、飲もうとした。

しかしクルトが慌てて止めてくる。

「あ、傷薬じゃありません。それ、育毛剤です」

「育毛剤？」

「はい。変装のために髪を切ったんですよね？　これを使えば髪が伸びますよ」

クルト以外が言っても、半信半疑どころか薬を試すこともしなかっただろう。

しかし、クルトがそう言うのなら間違いない。

「これ、頭にかければいいのか？」

「はい。僕がやりましょうか？」

「うーん、頼むよ。自分で使うには調整が難しそうだ」

「では、ユーリシアさん、そこに座ってください」

私は鏡の前で椅子に座った。

クルトが後ろに立ち、自分の手の平に薬液をつけると、揉《も》むように私の頭皮に薬を塗りこんでいく。

そのまま寝落ちしてしまいそうなくらい気持ちいい。

そして、薬の効果はすぐに現れた。

数秒で、髪がみるみる伸びていったのだ。

そして、気付けば私の髪は床に着くくらいまで伸びていた。

「おい、クルト。伸びすぎじゃないかっ⁉　これ、大丈夫なのか？」

「はい、大丈夫ですよ。どこの家庭でも使われている一般的な薬液ですから。じゃあ、髪を切りますね」

クルトはそう言って、鋏《はさみ》を取り出し、私の髪を切り始めた。

シャキシャキと軽妙な音とともに髪を切《き》り揃《そろ》えていく。

はぁ、本当にクルトは相変わらずだった。

「クルト、いい加減にその誤解を招く言い方はやめろ。こんな凄い薬液が一般的なわけないだろ？　お前、自分の調合の適性ランクを忘れたのか？」

「忘れていませんよ。ミミコさんに言われましたから。戦闘能力は全てGランクですけど――」

クルトは笑顔で言った。

「掃除《そうじ》、調理、採掘《さいくつ》がBランク、他がCランクですよ」

「――っ!?　クルト、お前、適性ランクを調べ直さなかったのか？　お前の適性ランクがBとかCなわけないだろ？」

「むっ」

クルトが不機嫌そうに頬《ほお》を膨《ふく》らませる。クルトが怒るのは珍しいし、怒った顔も可愛い。

「ユーリシアさん、そりゃ僕だって自分がBとかCとかなんて、不相応だと思いますよ。でも、ミミコさんがちゃんと測定してくれたんですから間違いありません」

「いや、だから――私が出ていく前に、ちゃんと全部誤解を解いただろ？」

「え？　誤解？　誤解ってなんのことですか？」

クルトは私の髪を切り終えて尋ねた。

どうなってるんだ？

「ユーリさん、少しよろしいですか？」

そう言って、リーゼが奥の部屋から現れた。どうやら、審査は終わったらしい。

……ところで、なんで入り口から入ってこなかった？

さては、クルトの着替えを覗《のぞ》いていたな。

「クルト、ありがとうね」

「どういたしまして。気になるところとかありませんか？」

「ああ、すっきりしたよ。髪が伸びたのに、前より頭が軽くなったみたいだ」

私はクルトに礼を言い、そしてリーゼの話を聞くべく、奥の部屋に行った。

早速私はリーゼに詰め寄る。

「どういうことだ、クルトの勘違いは解けたんじゃないのか？」

「はい。たしかにクルト様は一度、自分の実力を正確とはいえないものの把握されました。しかし――」

リーゼはその後起こったクルトの異変について語り始めた。

リーゼから事情を聞いて、私は頭を抱えたくなった。

まさか、私が去ってから、クルトがそんな状態に――昏睡《こんすい》して記憶を失っただなんて、思いもしなかった。

クルトが自分の実力に気付いていないのは、神がかった鈍感力のなせる技でしかないと思っていたが、そんな秘密があったとは。

ということは、結局、私もリーゼも、クルトの能力についてはクルト自身に知られないように行動しないといけないということか。

「クルトの症状について、オフィリア様やミミコはなんて言っていたんだ？」

「わかりません。封印のようなものである可能性が高いとのことですが――」

「そうだよな。単純な封印なら、クルトが自分で解くことができるだろうけど、それができていないってことは普通の封印じゃないよな」

んー、考えられるとしたら、ハスト村の人間が封印を施したとか？

クルトの村の人間ならば、ミミコにもわからない未知の封印技術が使われていたとしても不思議ではない。でも、なんのためにそんな封印を施したのか不明だけど。

「それより、問題はクルト様とユーリさんの性別ですね。クルト様のファンもユーリさんのファンも大勢いましたから、暴動に発展しかねないか不安です」

「……あぁ……それはたしかに心配だよな」

私のファンはともかく、クルトのファンはどうなんだろ？

みんな、クルトのことを超絶美少女だと思っていたからな。裏切られた気持ちは大きいだろう。

まぁ、大会が終わったらとっととこの国から逃げればいいか。

そう思っていた時だった。

「リーゼさん、お客さんです」

クルトが部屋に入ってきた。

「客？　私にですか？」

「はい。マッカ島島主、ウッス・イトーシュ様の使いの方だそうです」

「……あぁ……ウッスさんの……無視するわけにはいきませんね。ユーリさん、クルト様、行ってまいります」

ため息をついて、リーゼが部屋を出た。

私とクルトは再度二人きりになる。

短い沈黙が続いたあと、私達は笑った。

今までのすれ違いを思い出して。

「それで、ユーリさんはこれからどうするんですか？　たしか、この武道大会には結婚しないために出場しているんですよね？」

「なんだ、そんなことまで――ん？　あぁ、そういうことか」

一回戦が始まる前、クルトの奴が私に「大切な人が大会に出場していて、その人と戦うことになったら本気で戦えない」って言っていたが、その相手が私のことだったのか。

たしか、クルトはその人のことを――

『好きな人です』

「ユーリさんっ⁉　どうしたんですか、顔が熟したトマトみたいに真っ赤ですよっ⁉」

「い、いや、なんでもない。大丈夫だ」

いかんいかん、そうだ、クルトの好きな人っていうのは、大切な人とか友達として好きだとか、いつものそんな感じで言ったに違いない。

「あ、それと、さっき戦ったメイド仮面さんなんですけれど、あれって多分――」

「クルト、ちょっといい？　二人で話したいことがあるんだけど」

――っ⁉

いつの間にか、部屋の入り口に頭にターバンを巻いた女がいた。

なんだ、こいつ。クルトになれなれしく声をかけて。

クルトのファンだろうか？

「あ、チッチさんっ！　どうしたんですか？」

「クルト、知り合いか？」

「はい、ちょっと以前にお世話になりまして」

「ふぅん、行ってきていいよ。あ、でも私達はここで待機ってことになってるから、話すなら奥の部屋でな」

クルトにそう言うと、チッチとやらは私に目礼してきた。

「ありがとう。子爵様、探していた人が見つかったみたいでよかったな」

「はい、ありがとうございます」

クルトはチッチに礼を言い、二人で奥の部屋に入った。

そのすぐ後だった。

再度、部屋の扉が叩かれる。

なんか、客が多いな。

審議の結果でも出たのか、リーゼが帰ってきたのか、そう思い、私は扉を開けた。

「…………」

「…………」

しかし思いもよらぬ客の登場に、私は無言で固まった。

そして、黙って扉を閉めようとしたのだが、即座に足を挟み込まれる。

「なぜ閉めるでありますか、ユーリシア」

「……いえ、なんとなくです……ローレッタ姉さん」

私はそう言って笑みを浮かべようとしたものの、ただ口の端が痙攣《けいれん》したような動きをしただけに終わった。

そのまま追い返すわけにもいかず、私はローレッタ姉さんの入室を許可する。

ため息をついて、私は紅茶を淹れて差し出す。

ローレッタ姉さんはティーカップを持ち、音もなく紅茶を飲んだ。

私も無言に耐えられず、一緒に紅茶を飲む。

自分で紅茶を淹れるのは久しぶりだ。

クルトの紅茶に慣れてしまったせいだろう。高級店の紅茶にも当然劣る。

この紅茶の味――そうか、リーゼが言っていたあの表現がぴったりだ。

ローレッタ姉さんも、紅茶を飲んだら顔を顰《しか》めた。

「おかしいでありますね。ユーリシアには紅茶の淹れ方を手ほどきしたでありますが」

いったいいつのことを言っているんだよ。

私とローレッタ姉さんが一緒にいたのは、まだ子供の頃だっただろ。

「これは茶葉の味を台無しにしているであります。これではまるで――」

「泥水みたいですね」

「そこまでは言っていないでありますよ」

「すみません。つい思ったことを言ってしまいました」

「本当にそう思ったのでありますか⁉」

ローレッタ姉さんは思わずと言った様子で声を上げた。

こんなに取り乱した声を聞くのはずいぶん久しぶりな気がする。

あの当時は、私はローレッタ姉さんのことが大好きで、それこそ本当の姉のように思っていた。なんでこんなことになったんだろう――いや、子供の頃の関係が永遠に続くわけがないか。

「客をもてなす時に考え事とは、ずいぶんと余裕があるでありますね」

そう言ってじっと見つめてくるローレッタ姉さんを、私も見返す。

「ローレッタ姉さん。用事はなんですか？」

「審議の結果を伝えにきたでありますよ。審判の判定を有効とし、ユーラ、クルミペアを三回戦進出とするであります」

ローレッタ姉さんの言葉に、私は少し安堵《あんど》した。

大丈夫だと思っていたけれど、権力の限りを尽くして私達を失格にするようなことはなかったようだ。

「あなた達を敗退させて、チャンプ氏とイオン氏を繰り上がりで準決勝に進出させる案もあったでありますが、その二人からも、『ユーラ、クルミペアにはぜひとも準決勝に進んでほしい』と言われたでありますよ。あと、会場も混乱していたでありますが、あの二人が客を落ち着かせてくれたであります。後で会ったら感謝するでありますよ」

「チャンプとイオンが……そうか」

正直なところ、性別を偽って戦ったことがバレたら恨まれる覚悟はあった。

しかし、まさか私達のことを認めて、そこまでしてくれるとは思ってもいなかった。さっきまでは痙攣しかしなかった私の口が自然に笑みを作る。

「ユーリシア、今からでも棄権するつもりはないでありますか？」

「ローレッタ姉さんの言葉はあるのかないのかいまいちわかりにくいんだけど、私は棄権しないよ。最後までクルミ――いや、クルトと一緒に戦う」

「そうでありますか。それで、ロックハンス士爵と結婚するでありますか」

「なんでそうなるんだよっ！」

「言ったでありますよね？　優勝した男性選手と結婚させると。つまり、あなたが優勝すれば、自《おの》ずとロックハンス士爵と結婚することになるであります。他国の爵位持ちというのは厄介でありますが、まぁ、そのくらいはどうとでもなるでありますよ」

「なっ⁉」

そうだ、しまった！

私が優勝して結婚が無効になるのは、男として出場していた場合だ。

このまま優勝してしまえば私はクルトと結婚することに、することに――いや、それも悪くないな――って待て！　私はいいけど、クルトの自由意志が損なわれるだろ。

それに――

「ローレッタ姉さん！　そんなことしたらリーゼが黙ってないぞ！　姉さんのことだ、リーゼの正体には気付いていているんだろ？」

「当然でありますが、第三王女がなにをしたところで無駄でありますよ」

「姉さんはリーゼのことを甘く見過ぎている。クルトが無理やり私に嫁がされることになったら、あの女は黙っていないぞ」

「……確認でありますが、ロックハンス士爵は男でありますよね？」

「あぁ、間違えた。私がクルトを娶《めと》ることになったら、だった」

「間違いが訂正されていないであります……本当に一度、ロックハンス士爵の性別を確認する必要がありそうであります」

ローレッタ姉さんはジト目を向けてくるが、気にしないことにする。

「ともかく、そんなことになったら、リーゼは絶対に黙ってない。あいつにはミミコ第三宮廷魔術師、そしてオフィリア工房主《アトリエマイスター》、タイコーン辺境伯がついているし、行動力も半端ない。クルトを取り戻すことだけのためにホムーロス王国の女王になって、この国に戦争を仕掛けてくる可能性があるぞ」

「冗談も休み休み言うでありますよ」

冗談じゃないんだ。本当に、リーゼならやるぞ？

あいつは、やる時はやらなくていいことまでやる女だ。

「これは命令であります」

「断る。だいたい、ローレッタ姉さんは自分勝手すぎる。そもそも、私も母さんも氏族会に追放されたんじゃないか！　それで母さんは苦労……はありしていなかったみたいだけど……なのに、なんで今更――」

私はそこまで言ったところで、これ以上は無駄だと言葉を切り、首を横に振って言った。

「……いや、わかったよ」

「そうでありますか。まぁ、ロックハンス士爵と結婚するのは、あなた達が優勝することが最低条件でありますから、彼と結婚したいのなら全力で戦うでありますよ」

ローレッタ姉さんはそう言って部屋を出ていった。

あぁ、もうわかった。全部わかった。

ローレッタ姉さんは氏族会の言いなりだ。それなら、私がすることはただ一つだ。

私が氏族会に直談判する。そして、ローレッタ姉さんへの命令を解除させる。

あいつらがどんな手を使ってでも私の人生を奪おうっていうのなら、私だってどんな手を使ってでも、ヤバイ薬とか使ってでも、それを守り切ってやる。

「クルト、話は終わったか？」

私は深呼吸して心を落ち着かせてから、奥の部屋をノックする。

だが、返事はなかった。

それどころか、人がいる気配もしない。

どういうことだろう？

私は扉を開けた――が、そこにいるはずのクルトとチッチの姿はなく、もぬけの殻《から》状態になっていた。

◇◆◇◆◇

「士爵様、このお菓子、貰いますよ」

奥の部屋に行くと、チッチさんが僕にそう言ってくる。そして許可を出す前に、テーブルの皿に置いてあった砂糖菓子を無造作に取って食べた。

本当は、こんなゆっくりしていないで、ゴルノヴァさんがどうなったのかも確かめたいんだけど……どうやら行方がわからないらしいから、今は何もできない。

とりあえず、今はせっかく訪ねてきてくれたチッチさんの話を聞こう。

もぐもぐと噛《か》んでいるけれど呑み込みにくそうなので、僕は水差しからカップに水を注いで渡してあげる。

「ありがとう。士爵様に水を入れてもらうなんて、私も偉くなったもんだね」

「士爵っていっても名前だけですよ。全部リクト様のおこぼれみたいなものです」

「ふぅん、リクト様ねぇ」

チッチさんは手についた砂糖を舐《な》め、目を細めて笑った。まるで遊び道具を見つけた猫みたいだ。

もしかして、チッチさん、リクト様に興味があるのかな？

うーん、紹介してほしいって言われたらどうしよう？

リクト様、ほとんど工房を留守にしているし、いつ帰ってくるかわからないんだよね。それでなくても、工房で娘のアクリを預かってもらったりしているから、これ以上は迷惑をかけたくないんだけど……

もし、紹介してほしいって言われたら、リーゼさんに相談しよう。

色々とお世話になったチッチさんのお願いに、即座に応えられないのは申し訳ないんだけれど。

「あぁ、士爵様に頼みたいことがあるんだけど、いいかな？」

来たっ！

僕は覚悟して身構えた。

「は、はい。なんでしょう？」

「これから、ちょっと用事があるから付き合ってもらえない？　荷物を届けたいんだけど、できればその手伝いをしてほしくてね」

あれ？　リクト様の紹介じゃなかった。

それなら——って、ダメだ。

「すみません、僕、審議の結果が出るまでこの部屋で待機することになっているんです」

「そのことなら問題ないよ。なにしろ、これから会うのは大会の運営本部の人間。イシセマのエレメント氏族会だからね。当然、荷物運びとしてクルトを使う許可は貰ってるよ」

「エレメント氏族会!?」

エレメントっていえば、ローレッタさんのセカンド・ネームだったはずだ。そして、リーゼさんの調べでは、ユーリシアさんのセカンド・ネームでもある。

そしてなにより、ユーリシアさんを結婚させようとしている人達だったはず。

そんな人達が、なんでチッチさんにお願いごとを?

ううん、それより、その氏族会の人達に直接頼めば、ユーリシアさんが結婚しなくても済むようになるかもしれない。

「士爵様、言っておくけど、私達は荷物を運ぶだけだから、余計なことはしないでよね」

「——わかりました」

そうだった。

氏族会の人は偉い人達だから、そんな人に直訴なんてしたら僕だけでなく、一緒にいるチッチさんまで怒られてしまう。

でも、今回顔を合わせて、どんな人かわかるだけでもきっと一歩前進になるよね?

「それで、チッチさん。僕はなにを運べばいいんですか?」

「あぁ、荷物は外だから——」

チッチさんは言いながら本棚の本を並び替え、できた隙間に手を入れた。

なにをしているんだろう？

そう思っていたら、本棚が横に動いた。隠し扉だった。

さっき、誰もいなかったはずのこの部屋からリーゼさんが現れたのは、こういうわけだったのか。

「そうだ、ユーリシアさんに一言断ってこないと」

「あぁ、士爵様、今は隣の部屋、客が来てるみたいだから迷惑をかけたらダメだよ」

「え？　そうなんですか？」

なんでチッチさんがそれを知っているのかわからないけれど、嘘を言う理由も見つからない。

そういうことなら、と僕は手紙をテーブルに置いて部屋を出た。


隠し通路から廊下に出た僕達は、倉庫らしき部屋に入った。

どうやら、チッチさんの言う荷物はここに運び込まれているらしい。

「あったあった、士爵様、これを運んでほしいんだけど」

そこにあったのは土嚢《どのう》だった。

あれ？　この土嚢、どこかで見たような気がするんだけど。

「これ、運べる？」

「はい、これくらいなら」

僕はそう言って土嚢を持った――その時だった。

魔力が土嚢に吸われたような気がした。

それに、これ、重い。

そうだ、思い出した。

ハロハロワークステーションに初めて行った時、受付のキルシェルさんが僕の力を見るために使った土嚢だ。

「士爵様、大丈夫？　凄く腕が震えてるけど」

「だ、大丈夫です」

「じゃあ、ついてきて」

チッチさんはそう言って、僕の歩くペースにあわせて案内してくれた。

チッチさんが僕に運んでほしいって言った理由がよくわかる。

こんな重い物、女性の腕じゃ運べないもんね。

でも、氏族会の人、こんな土嚢をなんに使うんだろ？

近いうちに嵐でも来るのかな？

僕とチッチさんは関係者以外立ち入り禁止の通路を進み、闘技場の地下に下りていった。

こんな場所になにがあるんだろう？

薄暗いから、足下に注意しないと。重い荷物を持っているし、バランスを崩したら簡単に倒れてしまいそうだよ。

「士爵様、もう少しだからね」

「は、はい」

少し休憩を入れたいけれど、一度この土嚢を置いてしまうと、再度持ち上げるのが大変なので一気に済ませてしまいたいという気持ちもある。

あとでしっかり薬を飲まないと、明日筋肉痛になるどころか、次の試合にも差し支えそうだ。

薬の素材もそろそろなくなりそうだし、準備しないとなぁ。

大会中、怪我する人も多いだろうから、できることなら参加者全員分の薬を用意したい。

あぁ、こんなことなら、予選でトレントを伐採《ばっさい》した時、一緒に葉っぱを採取しておけばよかったかな。

あの時は予選中だったのと、薪《まき》をいっぱい運ぶために、枝についていた葉っぱは全部落としてきてしまったんだよね。

あんな大きなトレント、滅多に生えてこないからなぁ、勿体ないことをした気がする。

試合が終わってからでも採りに……でも、薬にするなら鮮度が重要だしなぁ。

と、僕が黙り込んでいるのを見て、チッチさんが首を傾げる。

「士爵様、なにを考えてるの？」

「あ、いえ、トレントの葉っぱがあれば、いろいろな薬が作れるなって考えていたんです」

「トレントの葉っぱか。うん、今度見かけたら集めておくよ」

「はい、お願いしま――あ、でもトレントの葉っぱは鮮度が重要なので、採取後、保存液に漬け込むか、すぐに使う必要があるので気持ちだけいただいておきます」

僕はそう言って苦笑した。

チッチさんに余計な手間をかけさせたうえ、「この素材では、せいぜい粉砕骨折が一時間で治る程度の低品質の薬しか作れませんよ」と言うのは忍びない。そのくらいの薬だったら、他の素材で作った方がまだいいものが作れる。

「鮮度のいいやつね。まぁ、考えておくよ」

「ありがとうございます」

僕はチッチさんの気遣いに感謝した。

雑談で少し重さがまぎれ……てない。もう腕が限界だ。

「あ、あの、チッチさん」

「あぁ、士爵様。この部屋だよ」

その部屋の前には、二人の男の人がいた。

二人とも、かなり強そうだ。

チッチさんがなにか木片のようなものを渡すと、男の人は自分が持っていた木片とチッチさんの木片を組み合わせる。

どうやら割符《わりふ》らしい。

確認を終えた男の人は、扉をノックした。

声はよく聞こえないけれど、扉が開く。

「じゃあ、行こうか、士爵様」

「はい……」

よかった、なんとか運びきることができた。

僕達は部屋の中に入る。

そこは、とても広い部屋だった。

部屋の中央には、なぜか土が盛られている。

こんな暗い場所になんで？

もやしでも育てるのかな？

そして、その盛られた土の周囲には十二人のお年寄り——たぶん氏族会の皆様が座っていた。

……こんな暗い場所で何をしているんだろう？

「氏族会の皆様、頼まれていた土をお持ちしました」

チッチさんがそう言うと、氏族会の一人と思われる人が頷く。

「ご苦労。そこに置いてくれたまえ」

そして高そうな石の机に杖《つえ》の先端を向けた。

……でも……どうしよう？

「士爵様、どうしたの？」

「ええと、本当にここに乗せていいのでしょうか？」

「構わない」

僕が尋ねると、さっきの人が答えた。

「でも――」

「構わないと言っている！　早く置きたまえ！」

「わ、わかりました！」

僕は頭を下げ、持ってきた土嚢を石の机に置いた。

その直後だった。

石の机が真っ二つに割れ、ドンっと凄い勢いで土嚢が落ちた。

ほら、こんなに重いんだからこうなっちゃうよ。

「ご、ごめんなさいっ！」

僕はその場ですぐに謝罪した。

とんでもないミスに、氏族会の皆様もチッチさんも呆れた顔で僕を見ていた。

◇　◆　◇　◆　◇

――むっ？

ウッス様に呼び出された部屋で、私、リーゼロッテは眉を寄せました。

今、クルト様がユーリさん、アクリ以外の女性と二人きりで、しかも親密になっている気がします。

私の中の第六感《クルト様センサー》がそう告げていました。

一緒にいるはずのユーリさんはなにをしているのでしょうか。

私だって、クルト様と二人だけの時間を過ごせる機会なんてそうそうないというのに。

ユーリさんは百歩譲って、一緒にいることだけは認めてあげますが、他の女性はそうはいきません。

私が悩んでいると、目の前で私に報告をなさってくれたウッス様が怪訝そうに尋ねてきました。

「どうなさいました？　リーゼ殿」

「いえ、なんでもありません。少し人を一人抹殺《まっさつ》する計画を立てていただけです」

「そうですか、それはよかっ――よくありませんよ!?」

「本当に安心なさってください。人といっても、害虫のようなものですから。どこの誰かもまだわかりませんし」

私の言葉に、ウッス様は目を白黒させます。

「どこの誰かもわからない人を害虫呼ばわりすることの、どこに安心できる要素があるか皆目《かいもく》見当がつきません」

「それで、話を戻しましょう」

「安心できないのに話を戻されても——いえ、戻しましょうか」

どうやら私の言い分を理解したようです。私が少し目を細めて圧をかけただけで。

「——それで、オークロードの確認は終わったのですか？」

マッカ島で私達が対峙《たいじ》することになったオークロード。その発生原因と周辺の状況を、ウッス様に調べてもらっていたのです。

「はい。どういうわけか、ボンボール工房主《アトリエマイスター》が非常に協力的でして。いつもなら報告のような面倒なことは部下に任せる方なのですが、やはり他国の工房主《アトリエマイスター》様が関わられた事件となると——と、すみません。本題に入ります。まずオークですが、冒険者ギルドが調査したところ、オークロードが発生したと思われる洞窟周辺には、オークは発見できませんでした。ただ、離れた場所ではオークが生息している痕跡《こんせき》が見つかりましたので、根絶はしていないようです。また、オークが減ったことでゴブリンの動きが活発になっているそうですが、そちらも現在は大きな問題には発展していないようですね」

さて、どういうことでしょうか？

ここまでの話を聞く限り、オークロードに関しては大きな問題はないようです。

それはいいことなのですが、そのようなことを報告するためにわざわざ私を呼んだのでしょうか？

それにしては、先ほどから話し方が回りくどい感じがします。

なにかを探っているかのような目の動き——というか挙動不審ですね。

私は王女だということを伏せていますが……まさか、その正体に気付いたということはないでしょう。

それでしたら私を呼びつけることなどせず、自ら私の前に現れるはずですから。

一応、後ろ手で合図を送り、この部屋にこっそり入っているであろうカカロアさんに警戒を促します。

「特に問題はないようですね。それなら私は——」

「あ……いえ、その……一つ問題というか、気になることがありまして」

「なんでしょう？」

「……なんと言っていいのやら。マッカ島に立ち入った人間を調べたのですが、その中に……」

またもウッス様は黙られました。

なるほど、どうやら怪しい人物の名前は挙がったが、確たる証拠もないうえに口に出すのも憚《はばか》られる人物だったと。

かといってその事実を一人で抱え込むような度胸もなく、できることなら私にも秘密を共有してほしいということでしょうか。

しかし、ここでの秘密は絶対に口外しない――なんて言ったら、こういうタイプの方はかえって警戒する可能性もありますね。

私は慎重に、言葉をかけます。

「それほど重要な人物ということでしょうか。ここで秘密を聞いたことが外に漏れたら、私も責任を取ることになりますが……その覚悟はできています。どうぞおっしゃってください」

秘密を語りたくて仕方がない人は、責任をともにするというだけでポロっと秘密を語ってしまうものです。

「……実は、イシセマ島の氏族会の方々が来られたのです」

「……それは予想以上の大物ですね」

イシセマ島のエレメント氏族会といえば、諸島都市連盟コスキートの中では強大な権力の持ち主です。

歴代の島主とその親族の一部によって構成されており、表向きは島主を支えている立場であるものの、彼らが持つ権力は島主のローレッタ様をも凌駕します。

とはいえ、諸島都市連盟コスキートに所属しているなら、視察自体はおかしいことではないでしょう。

「ただの視察だったのですよね？」

「はい。しかし、その視察の範囲にオークロードが発生した森が入っていたことと、もう一つ気になることがありまして……」

またもウッス様は口籠ってしまわれました。

こう、情報を小出しにされてはストレスが溜《た》まりますね。

部屋に戻ってクルト様の幻影十体を出して癒され――いいえ、今日は本物のクルト様にお茶を淹れていただき、癒されたいです。

もちろん、クルト様と一緒にいると思われる謎の女性を探し出すことが優先ですが。

「その……リーゼ殿と一緒に来られた方に問題がありまして――」

「クルト様になにか問題があるとでも」

「ひっ!?　ち、違います。その方ではございません」

違うのですか。

条件反射で出てしまった殺気と怒気を引っ込めました。

あれ？　となると、私と一緒に来た人物とは？

ユライルさんとカカロアさんはパオス島には一緒に来ましたが、問題ないはずです。となると、
あの時一緒にいたのは――

「実は、チッチという女性が氏族会を案内していたのです。一緒にいたリーゼ殿なら彼女からなにか聞いていないか？　それと、なにか知らないか――と思いまして」

チッチが？　たしかに怪しい感じはありましたが……

「いいえ、私もこの島に着いてすぐ、彼女とは別れたのでなにも……あら、もうこんな時間ですね。そろそろ失礼させていただきます」

私はそう言い、情報提供について感謝を述べてから部屋を出ました。

これは、クルト様と一緒にいると思われる謎の女性を探し出すとともに、チッチを探す必要が出てきました。

いったい、彼女は何者なのでしょうか？

そんなことを考えながら、私は早足で、あてがわれた個室へ向かいます。

その時です、扉が勢いよく開き、そこからユーリさんが出てきました。

「ユーリさん、ちょうどよかったです。クルト様とこれから――」

「リーゼ、大変だ！　クルトがチッチとかいう女と一緒にいなくなったっ！」

「――っ!?　どういうことですかっ!?」

ユーリさんの話によると、チッチが部屋に訪ねてきてクルト様と二人で奥の部屋でお話をなさった。そして、ユーリさんが扉を開けると、二人の姿が消えていたそうです。

私がウッス島主と面会した時に感じていた第六感の正体は、クルト様とチッチが一緒にいることだったのですね。

しかし、いかにクルト様といえどもアクリの力無しに密室からの脱出ができるとは――いえ、私が使った抜け道がありましたね。

貴族用の個室には、表立って面会できない人物と密会するために、秘密の抜け道が存在しています。

とはいえ、鍵は私が預かっていましたし、スペアキーは厳重に保管されているはずです。簡単な構造の鍵ではありませんのでむやみに出入りできるものではありません。

チッチのレンジャーとしての腕前が私の想定以上だとするのなら解錠も可能かもしれませんが……って、あぁっ！　思い返してみれば、すっかり鍵を閉めるのを忘れていました。

なんという失態でしょう。

いくらクルト様の着替えを覗くのに夢中になっていたとはいえ、まさか鍵をかけ忘れるなんて。

「あなたは一緒ではなかったのですか？」

私がそう言うと、背後にユライルさんが現れました。

「申し訳ありません、殿下」

「こういう事態が起こらないためにあなたを護衛として残したのですよ」

「無茶を言うな、リーゼ。クルトとチッチの二人で奥の部屋に行ったんだ。お前の胡蝶で作った幻影無しで、ましてや護衛対象の協力無しで個室に入るのはほぼ不可能だ」

たしかにユーリさんの言う通り、いくら気配を消し、隠形に長《た》けているファントムとはいえ、入り口が限られる狭い部屋に入り込むのは難しいです。扉を開ければ音が出るのですから。

そのくらい——

「わかっています！　わかっていますが……すみません、私が裏口の鍵をかけ忘れたのが全ての原因なのです」

「私も来客の応対に手間取ったのが悪かった。それより、今はクルトを捜すのが――」

「え？　僕がどうしました？」

「「――っ!?」」

私達が振り向くと、そこにはきょとんとした顔のクルト様が一人でいらっしゃいました。

胡蝶の幻……ではありません。本物のクルト様です。

「クルト様、ご無事だったのですか？　あのチッチという女になにかされませんでしたか？」

「あはは、なにもされてませんよ。ちょっと荷物を運ぶ仕事を手伝っただけですから」

荷物を運ぶのを手伝っただけ？

「はい、氏族会さん達のところに荷物を運びました」

「「氏族会っ!?」」

私とユーリさんが同時に声を上げます。

エレメント氏族会がこの町に来ているという情報は既に掴んでいましたが、どこにいるのかまではわかっていませんでした。やはり、この闘技場の中にいたようですね。

気付けば、さっきまでいたはずのユライルさんとカカロアさんはいなくなっていました。いつの間に隠れたのでしょう。

おそらく、クルト様に見つかる前に隠れたのでしょうが、それなら一言教えていただければよかったのに、と思います。

それより、氏族会です。

なんでクルト様がエレメント氏族会と……いえ、チッチさんが絡んでいるのでしょうね。

「クルト、なにを運んだんだ？」

「なにって、普通の土嚢ですよ？　少し重かったですね」

ユーリさんが尋ねると、クルト様は恥ずかしくて照れるように仰いました。

少し重かったということは、百個単位の土嚢を運んだのでしょうね。

しかし、なぜ氏族会が土嚢を求めているのか、皆目見当がつきません。

クルト様にもわからないそうです。

「氏族会の人達、悪い人じゃなかったみたいですし。ユーリシアさん、僕と一緒にこれから説得しに――」

その時です。

ユーリさんがギュッとクルト様に抱き着きました。

私の全身の毛が逆立ちます。

この人、いきなりなにをなさるのですかっ⁉

「ユ、ユーリさん」

「クルト、突然いなくなって心配したんだぞ」

クルト様は目を白黒させながら答えます。

「ユーリシアさん、来客と話していたそうなので、邪魔したら悪いかなって……」

「氏族会は、たった一言で平民を処刑できる。いくらホムーロス王国の貴族とはいえ、一番下の士爵位のお前なら、奴らの不興を買えばなにをされるかわからない。悪い人には見えないって言ったが、悪い奴ほど悪い人に見えないものだ。頼む、無茶をしないでくれ」

「……すみません」

謝るクルト様を見て、私は一度ため息をつきました。

ユーリさんのおっしゃる通り、ここで氏族会と下手に関わるのはやめた方がいいでしょうね。

チッチと彼らの関係もわかりませんし、クルト様に興味を持たれても困ります。

「ユーリさんもそのくらいに。突然いなくなって心配したって、そもそもそれはクルト様がユーリさんに言うべき台詞ではありませんか」

私の言葉を受けて、ユーリさんはクルト様から離れます。

「……そうだったな。悪い、クルト」

「いいえ、僕も軽率な行動でした」

クルト様が反省をなさったので、この話はこれで終わりです。

また、クルト様の話で、氏族会はこの闘技場の地下にいることがわかりました。

どうしてそのようなところにいるのかは不明ですが、そちらに関しては深入りは危険ですね。

それより、今はチッチさんの捜索を先にする必要があります。

私は背後で指信号を送り、ユライルさんにチッチさんの捜索を命じました。

クルト様とはこの部屋の近くで別れたそうですので、急げばすぐにでも見つかるかもしれません。

そこに――

「あっ！　見つけましたよ、クルミ選手、ユーラ選手！」

そう言って現れたのは、先ほどまで試合の審判をなさっていた女性です。

彼女は自分の間違いに気付いたように「あっ⁉」と声を上げました。

「すみません、クルト選手とユーリシア選手に登録変更されていました。あなた達の失格は取り消され、準決勝の出場が決定しました。準決勝では、再度くじ引きにより試合の組み合わせが決まりますから、急いで舞台にいらっしゃってください。私は他の選手に声をかけてきますので、これで失礼します」

審判の女性はそう言うと、走って別の場所に向かいました。

「では、いってらっしゃいませ、クルト様。私は貴賓室で応援しております」

「はい！　あ、でも今日は、あとは抽選だけで試合は終わりみたいなので、応援は明日、お願いします」

「では、抽選でいい結果が出るように応援しております」

私はそう言うと、クルト様の無事とくじの結果がよくなることを祈り、貴賓室に向かいました。

◇◆◇◆◇

僕とユーリシアさんは、お祈りするリーゼさんに見送られ、早足で会場に向かった。

会場に行く途中、ユーリシアさんは少し不安そうにしている。

「ユーリシアさん、どうしたんですか？」

僕なんかがパートナーだとわかって、準決勝、決勝と勝ち進めるか不安なのだろうか？

で、でも、ゴルノヴァさん達に勝てたのは彼の優しさのお陰だけれども、優勝候補のチャンプとイオンさんには実力で勝っている。きっとユーリシアさんなら勝てるはずだ。

そう思ったんだけど、ユーリシアさんが心配だったのは僕とは別のことだったらしい。

「いや……ほら、私もクルトも性別を偽っていた時、ファンがやたら多かっただろ？」

「ユーリシアさん、モテモテでしたよね」

「お前の方が凄かったよ。でも、私達の性別が逆だったと知った時、なにを言われるかって思ってな」

「あっ⁉」

僕はユーリシアさんに言われて気付いた。

彼女の言う通りだ。

僕もユーリシアさんも、観客のみんなを騙《だま》して大会に出場していた。

僕のファンのみんなは、僕が女の子だと信じていたようだ。そんな彼らが、実は僕が男だったと知ったらどうなるか？

答えは簡単――恨むに決まっている。

「ユーリシアさん。僕もユーリシアさんもそれだけの罪は犯したんです……罵倒される覚悟はできています」

「わかっているさ。でも、クルト……あまり会場の端には行くなよ。物を投げられた時、避けたり防いだりできないだろ？」

「……たぶん、命中すると思います」

腐った卵を投げられるくらいは甘んじて受け入れるつもりだ。

石をぶつけられて気絶したら、いくら今日はこの後試合がないからといっても、会場のみんなに迷惑がかかりそうで心配だ。

ユーリシアさんの言う通り、会場に着いたら舞台の中央付近にいよう。

会場に辿り着くまでの廊下がとても長く感じる。

それでも、一歩、また一歩と会場に近付くにつれ、歓声が耳に届くようになってきた。

「クルト選手、ユーリシア選手、急いでください。もう皆さんお待ちですから」

審判の女性に促され、さらに歩くペースを早めた。

そして、僕達が会場に辿り着いた、その時だった。

物凄い歓声が僕達を包み込んだ。

「クルミちゃぁぁん！　男でも好きだぁぁぁっ！」

「クルトきゅん、可愛いよ、クルトきゅん！」

いつも会場の最前列で応援してくれていた人の声が真っ先に聞こえてきて、その横で女性が僕に手を振っている。

「ユーラお姉様！　素敵ですぅぅぅっ！」

「姉ちゃん、その姿の方が似合ってるぞ！」

いまだにユーリシアさんのことをユーラと呼ぶ女性も応援しているし、アルコールの入っているおじさんが笑いながら声を飛ばす。

予想していた怨嗟《えんさ》の声は全くない。

むしろ、僕達への声援が増えていた。

クルミだった頃は男の人の声援しかなかったのに、今ではファンの中に女性の声も混じっている。

ユーリシアさんのファンも女性だけでなく、男性も増えていた。

「よう、人気者だな」

そう入り口のところで声をかけてきたのは、チャンプさんだった。性別を偽っていたことがバレた時、ここで僕達の弁護をしてくれていたと聞いている。

　ユーリシアさんはチャンプさんに謝ろうと前に出た。

「その節は――」

「おおっと、謝るのはなしだ。あんたの実力は本物。俺が一歩及ばなかったってだけだ。謝られたら俺の立つ瀬がない。むしろあんたが女だってわかっていたら、俺は無意識に手加減して無残な負け方をしていたと思うからな」

　チャンプさんはそう言って、今度は僕を見た。

「しかし、女装をやめても本当に可愛い顔をしているな。どうだ？　あのまま女として生きるのは？」

「ちょっと、チャンプ」

　僕がどう答えたらいいのかわからず困った顔を浮かべたら、イオンさんがチャンプさんを窘《たしな》めた。

「クルトきゅんは男の子だから可愛いのよ。女の子にするなんて勿体ないわ」

　またしても、どう反応したらいいかわからない。

　さっきから聞こえてくる、きゅんってなんなんだろう？　なんていうどうでもいいことが気になってしまった。

　と、そこで審判の女性に急かされてしまう。

「クルト選手、ユーリシア選手、本当に時間がありませんから、どうぞ舞台の上に」

「わかりました。行くぞ、クルト」

「あ、はい、わかりました」

ユーリシアさんに手を引かれ、僕達は舞台に上がった。

振り返ると、チャンプとイオンさんが笑顔で手を振っている。

さっきまでの不安も、そして、この大会中ずっとあった性別を偽っていたことへの罪悪感もなくなっていた。

これだけ多くの人が応援してくれていることが、なにより幸せだった。


大会の抽選が、いよいよ始まった。

舞台の上の他の参加者を見回してみる。

最初に目がいったのは、ピエロのような姿の男の人と、その肩の上に座っている人形みたいな女の子のペア。奇術師のトルクワール選手とピコ選手だ。

試合は見たけれど、トルクワール選手が一人で戦っていた。

トルクワール選手の変幻自在な戦い方は、試合の流れを自分のものへと引き込み、場を制するというものだ。

戦うことになったら、かなり苦戦するだろう。

次に目がいったのは大きな太刀を背負った上半身裸の男の人——剣闘士グルルド選手と、杖を持った背の低い女性――魔術師カリナ選手のペア。男の人は背中にオシャレなタトゥーをしている。トルクワール選手と違い、この二人はとても正統派の戦い方をする。

グルルド選手が前衛で戦い、カリナ選手が魔術師としてフォローする感じで、その実力は本物だと思う。

三組目は猫の獣人の兄妹格闘家ペア、兄のリー選手と妹のチー選手だ。見た目は幼そうだけれども、年齢は僕と変わらないらしい。

獣人はホムーロス王国ではあまり見ないけど、諸島都市連盟コスキートではズーパーク島に纏まって暮らしている。耳が動物の形をしていて尻尾が生えているのが特徴で、その身体能力は人間よりも遥《はる》かに優れているらしい。

三組とも、とても強そうなペアが揃っている。

この中で僕とピコ選手の二人だけが場違いな気がするよ。

そしてついに、運命を決めるくじが始まった。

最初にトルクワール選手がくじを引く。

トルクワール選手はくじが入っている箱の前に立つと、その上に手をかざした。次の瞬間、箱の中から一枚の紙が浮かび上がり、彼の手の中に納まった。

次にユーリシアさんがくじを引き、グルルド選手が次のくじを、そして残った一枚をリー選手が取った。

結果、僕達の対戦相手はリー選手とチー選手の格闘家ペアに決まった。

明日の午前中が準決勝と三位決定戦、午後に決勝戦を行うことになった。

「クルト、これから予定はあるかい？」

会場を後にする途中、ユーリシアさんが僕に尋ねた。

「はい。ちょっと山に薪《たきぎ》を集めに行こうと思っています。まだ全然薪不足が解消されてないみたいなので」

「そうか――うん、私も手伝うよ」

「では、三人で参りましょうか」

いつの間にかリーゼさんが僕とユーリシアさんの間に立っていた。

「抜け駆けはダメですからね、ユーリさん」

「わかってるよ。あと、いろいろとありがとうな」

ユーリシアさんはリーゼさんにそう言って微笑みかけた。

女性同士の友情っていいよね。

「――しかし、クルトは本当にとんでもないことをするな」

「ええ……まさかこのような方法で薪を集めるだなんて」

僕達は、一回戦で使った山の中で薪を集めていた。

ユーリシアさんとリーゼさんがなぜか不思議そうな、それでいて呆れてたような顔をしている。

「あぁ、ホムーロス王国にはトレントはあまりいませんからね。ハスト村の近くの山はトレントが多かったから、こうやって薪を集めていたんですよ」

そう言って、僕はさっきと同じように笛を吹いた。

笛の音色に合わせて、僕のそばにいた、頭の上に大きな草の玉がある珍しいトレントが動き、落ちている枝を集めてくれる。

やっぱり、トレントに集めてもらう方が、人間よりも遥かに効率的だ。

だって、トレントは力持ちだから、地面に埋まっている切り株だって簡単に掘り出してくれる。

それに、トレントがいるあたりは木の枝もいっぱいあるしね。

僕はちょうどトレントが掘り出した切り株を、持っていた斧で薪に使いやすい大きさに切り、縄で結んだ。

「あの、クルト様。トレントはどうして音色に合わせて動くのですか？」

「ほら、リーゼさんだって楽しい音楽を聞いたら思わず踊りたくなるでしょ？　それと同じですよ」

「同じなのですか……それなら仕方ありませんわね……」

リーゼさんは納得してくれたようだ。

「しっかし、まぁ、ヒカリカビに汚染されていないトレントがこんなにいたなんてな。予選の時は全然気付かなかったよ」

「はい、多いですよね」

ユーリシアさんの言う通り、現在枝や切り株を集めてくれているトレントの数は三十本以上いた。

予選のヒカリカビ騒動で、かなりの数が減ったと思ってたんだけど……これだけのトレントがいたら薪集めも楽だよ。

笛を吹く僕の横で、リーゼさんがユーリシアさんに向かって口を開いた。

「ユーリさん、ここのトレントはダンジョンから出てきた魔物ですよね？」

「そうらしいけど、それがどうした？」

「いえ……クルト様は以前、意図的にダンジョンコアからアイアンゴーレムを量産し、町を作りました。このトレントも誰かが意図的に量産したのではないでしょうか？」

「トレントを？　なんの目的で？」

「それはわかりませんが……」

リーゼさんとユーリシアさんが気になることを話している。

トレントを量産する理由か。

「もしかして、町の薪不足を心配した大会の運営さんが、トレントを量産してくれたのかもしれませんね」

僕がそう言うと、ユーリシアさんとリーゼさんは柔和《にゅうわ》な笑みを浮かべた。

「「それはない（です）」」

声を揃えて言われた。

◇　◆　◇　◆　◇

「それでは、ユーリシアさん、リーゼさん。僕は薪を酒場に届けてきますので、先に宿に戻っていてください」

クルトは薪を冒険者ギルドに併設されている酒場に届けにいった。

私達も一緒に行こうかと思ったが、リーゼが話したいことがあるというので、二人で先に宿に戻った。

この武道大会を見学にきたＶＩＰが泊まっているということもあり、警備はかなり厳重そうだ。

「今日は私の部屋で泊まってください。ユーリさん十人くらいならまだ余裕があります」

「お前のことだ、クルトの幻影十体作っても余裕があるとか確かめたんだろ」

「ほほほほほ」

否定しやがらねぇな。たしかにリーゼが寝ているベッドは安宿のベッド五床分はある。本当に無理をすれば十人くらい眠れそうだ。

「まさかクルトと同じ部屋じゃないだろうな」

×10

「そうしたかったのですが、タイコーン辺境伯がわざわざ別の部屋を用意してしまいまして……余計なことを」

恨みがましく言うが、無理に同じ部屋で寝ようとすれば、クルトのことだから「僕は廊下で寝ます」とか言い出しかねない。実際、私と一緒のテントで寝ることになった時は、一人で外で寝てたし。

タイコーン辺境伯の判断は正しいと思う。

リーゼに案内された部屋を見回して、私はぽつりと呟く。

「しっかし、クルトにこの部屋は似合わないな」

「クルト様には隣の使用人用の部屋を使っていただいています」

「なんでまた……はっ⁉」

そうか、使用人用の部屋は主人用の部屋と中で繋がっている。

まさか、夜這《よば》いをしかけるつもりで……

「失礼なことを想像していませんか？　単純に、クルト様が希望するオーブン付きの部屋が使用人用の部屋しかなかっただけですわ」

「なるほど、納得した。それで、話ってなんだ？　クルトがいない時に話すってことは、厄介なことなんだろ？」

「そう邪険になさらないでください。情報の共有が必要だと思ったのです。どうもきな臭い雰囲気がぷんぷんとしますので」

　リーゼがそう前置きして私に話したのは、マッカ島でのオークロードの話とチッチというレンジャーの話、そしてそれらを繋ぐ氏族会の話だった。

　きな臭い話の大盤振る舞いだな。

「それで、ユーリさんに伺《うかが》いたいのです。エレメント氏族会――私は単純に精霊教のトップであり、イシセマ島の島主の一族の集まりだと思っていました。諸島都市連盟コスキートにおいて大きな権限を持つ組織であることはわかっているのですが、それ以外、なにか知っていることはありませんか？」

　そんなリーゼの言葉に、私は首を横に振る。

「リーゼも調べていると思うが、私の母さんは一族を出た身だからね。十年前に氏族会を正式に追放処分になってから、ほとんど関わってこなかったんだよ……ただ、氏族会は二つの悲願を抱えているんだ」

「悲願？　一つは戦巫女《いくさみこ》の子孫に精霊を宿す……というものでしたわね？」

「知っていたのか」

　リーゼの問いに、私は少し驚きながらも頷いた。

　まさか戦巫女について知っているとは思わなかった。ファントムが調べたのだろうか？

　戦巫女というのは、その身に精霊を宿して戦う女性であり、かつては実在したらしい。

しかし、現在、その能力を持つ女性は生まれていない。

戦巫女の末裔《まつえい》であるイシセマ島の氏族会の人間は、代々強者の血を取り込み、強靭《きょうじん》な肉体と精神を持ち合わせた者を島主としている。

私が王家直属冒険者としてやってこられたのも、努力だけでなく、この血の恩恵による才能が大きいという自覚はあった。

「そしてもう一つは、それに関わることなんだが……強い精霊を手に入れることだ」

「強い精霊？」

「ああ。自然界にはいたるところに精霊がいる。海や川には水の精霊。地面には土の精霊。火をおこせば火の精霊が集まってくるし、空には風の精霊が舞っている。それらは微精霊と呼ばれ、精霊魔術の大きな原動力になっている……それはお前もわかるな」

「ええ。精霊魔術は私には使えませんが、知識としては――」

リーゼはそれがどうしたのかと首を傾げる。

「ただ、世の中にはそんな微精霊とは違う、巨大な力を持った精霊――大精霊がいる」

「大精霊……それは伝説にある四大精霊のことですか？」

「まぁ、平たく言えばそんな感じだ」

四大精霊とは、火のサラマンダー、水のウィンディーネ、風のシルフ、土のノームのことだ。

とはいえ、それらは伝説の中の伝説の精霊で、実在するかどうかすらさだかではない。

私はため息をついて言葉を続ける。

「それ以外にもいっぱいいるがな」

「また、大きな話ですわね……」

「まぁ、なんのためにそいつらを手に入れようとしているのか、本当にわけがわからないよ……ん？」

「どうかしました？」

「いや……なにか思い出せそうな気がしたんだが」

『――お姉ちゃんが絵本を読んであげるでありますよ』

――っ⁉

今、一瞬フラッシュバックしたのは……ローレッタ姉さんの声？

なんで絵本なんかが出てくるんだ？

「落書き……」

「どうかしました？」

私が呟くと、リーゼが不思議そうな顔をする。

「いや、なんか落書きが書かれた絵本があったような……悪い、気のせいだ。すまないな、ということで氏族会について、私もあまり詳しくないんだよ」

「いえ、参考になりました。では、本日、最も重要な話をいたしましょう」

「最も重要な話？」

真剣な表情のリーゼにつられて、私も表情を引き締める。

「はい。武道大会の予選での出来事です。ユーリシアさんはあろうことか、山の中でクルト様と二人きりでサバイバルをなさったとか。ユライルさんから報告を受けていますが、本人の口から詳しく聞こうと思います」

「バ、バカ！　私はあの時、クルトのことを本気で女の子だって信じてたんだぞ！　変なことなんてあるわけないだろ！」

「本当に？　やましい気持ちになんて一度もならなかったと？」

「もちろ——いや」

変な男と結婚させられるくらいならクルミと結婚した方が百倍いいだろうなぁとか、嫁に欲しいって思ってたな、そういえば……いまでもクルトは嫁に欲しいけど。

言葉を切った私へと、リーゼがジト目を向けてくる。

「やましいことをしたのですねっ！」

「だから、なにもしてないって言ってるだろっ！」

この取り調べはクルトが帰ってくるまで続きそうだ。

クルトの奴、薪を届けにいっただけなのに、いったいいつまで待たせるんだよ。

◇　◆　◇　◆　◇

「ありがとうね、クルミちゃん……じゃなかった、クルトくん」

薪を持ってきた僕に、冒険者ギルドに併設《へいせつ》された酒場の先輩がそう言って微笑む。

店の裏での受け渡しだったので店の中には入っていないけれど、お客さん達の間では、僕が男だったという話は既に広まっているようだ。

そのため、男性客が三割程減ったが、その分女性客が増えたらしい。

本当にみんな、僕が男だって気付いていなかったんだ。

ここで働いていた時はお化粧《けしょう》もしていなかったんだけどなぁ。

給仕の仕事を続けてほしいって頼まれたけれど、明日の試合が終わったら工房のあるヴァルハに帰るつもりだ。

この店での仕事は、女装はともかくそれ以外は楽しかった。

でも、僕にはユーリシアさんやリーゼさん、アクリ、「サクラ」のみんな——工房の方が遥かに大切だから。

なのでできないと断ったんだけど、先輩は気分を害した様子もなく笑ってくれた。

「そっか。じゃあ、明日の試合が終わったら店を貸し切って祝勝会だ！」

「ちょ、ちょっと。まだ勝てるって決まったわけじゃないんですから」

「大丈夫だよ。なんたって君はあのチャンプとイオンのペアに勝ったんだ。今は誰がどう見ても君達が一番の優勝候補だよ」

「勝ったのは僕じゃなくてユーリシアさんなんですけど……」

「負けたら負けたで準優勝おめでとう、三位おめでとう、四位おめでとう、なんでもいいんだよ。要はみんなで楽しく騒いで、君を送り出そうって話さ。君が働いてくれた数日、本当に助かったんだ。店長もありがたがってたしね」

先輩はそう言って優しい笑みを浮かべた。

「そういうことでしたら――はい！　明日試合が終わったら是非参加させてもらいます」

僕はそうお礼を言って、店を後にした。

さあ、これから夕食の準備をしよう。

久しぶりにユーリシアさんも一緒だし、ちょっと手の込んだ料理にしようかな？

晩ご飯の献立《こんだて》を組み立て始めた、その時だった。

「ロックハンス士爵」

「はい……？」

名前を呼ばれて思わず返事をしてしまった。

聞き覚えのない声だったが、振り返った先にいたのは見覚えのある二十歳くらいの女性だった。

「ええと、カリナさん……でしたよね？」

魔術師風の服装をしている女性――カリナさん。

準決勝の参加者だ。

パートナーは剣闘士のグルルドさんのはずなんだけど、今は一緒にいないようだ。

「少々お話したいことがあるのですが、お時間よろしいでしょうか？」

「いいですよ」

僕は二つ返事で了承した。

『少々』にかかる時間がどのくらいかはわからないけれど、五分や十分で終わる雰囲気ではなさそうな気がする。

さっきの献立は変更しないといけないだろうなと思いながら、僕達は近くの宿屋に併設された、個室のある喫茶店に入った。

貴族も使う店らしく、従業員の身だしなみが整っている。

カリナさんが紫茶《むらさきちゃ》というお茶を頼んだので僕も同じ物を注文し、個室で二人、向かい合って座る。

「――それで、話というのは？」

「すみません、誰にも聞かれたくないので、頼んだものが来てからでいいでしょうか？」

「……はい」

うぅ、初めて会った女性と二人きりって緊張するな。

話はお茶が来てからということなので、雑談するのもなんか憚《はばか》られるし。

「あの――」

「は、はイッ！」

いきなり話しかけられて、思わず声が上ずってしまった。

「いえ、クッキーを焼いたのでよかったらどうぞ。ここは食べ物の持ち込みは許されているので」

カリナさんはそう言って、ハンカチに包んでいた、少し形が歪《いびつ》なクッキーを取り出し、一つを摘んだ。

「あ……ありがとうございます」

僕はお礼を言ってクッキーを取って食べる。

うん、美味しい。

いっぱい作ってくれたみたいだし、もう一つ食べていいかなぁ？

「……士爵様はお人よしですね」

「え？　なにがですか？」

きょとんとしていると、信じられないものを見るような顔をされた。

「普通、警戒しますよね？　明日、対戦するかもしれない相手が差し出したお菓子だなんて、なにが入っているかわからないのに。安心してもらうために、私が先に食べる予定だったのですが……毒が入っているとか思わなかったんですか？」

「そんなこと考えてもみませんでした。あ、でも試合の前に緊張してお腹が痛くならないように、薬を飲んできましたから大丈夫です」

「胃腸の薬で毒は防げないと思いますよ？」

え？　胃腸の薬？

あ、そうだった。前に里で聞いた話だと、都会の人って病気の症状に応じた薬をいちいち処方しているんだよね。うちの村は田舎だったから、全部万能薬で治療していた。

そっか、胃腸の薬では毒は防げないのか。一つ勉強になったな。

今度、胃腸薬について研究をしようかな？

「でも、ほら、美味しいクッキーに毒なんて入っているわけありませんよ」

僕がそう言ったところで、紫茶が運ばれてきた。

話の前に、僕とカリナさんは紫茶を飲む。

とっても貴重なお茶ということだけあって美味しいな。

「……懐かしい味」

カリナさんはそう言って笑みを浮かべた。

アクリを見ているユーリシアさんやリーゼさんのような、優しい笑顔だった。

僕の緊張が少し和らいだところで、カリナさんは僕の目をまっすぐ見つめてくる。

「実は、ロックハンス士爵にお願いがあります」

彼女はとても真剣な表情で、僕にとんでもないことを言ってきた。

「明日の試合――負けていただけないでしょうか？」

えっと、それってつまり、僕に八百長《やおちょう》しろってこと……だよね。

でも、そもそも確認しなきゃいけないことがある。

「あの、カリナさんの対戦相手は僕じゃありませんよね？」

「クルミさ……クルトさんとユーリシアさんの試合の様子は一回戦、二回戦ともに拝見しました。あなた達の実力ならリー・チーの獣人ペアに負けることはありません。私達が次の試合に勝てば、必ず決勝戦はあなた達と当たります……もちろん、タダでとは言いません。私達が得られる賞金、優勝したことにより今後得られる講演費用等の全てを、クルトさんとユーリシアさんにお渡しします。クルトさんが望まれるのでしたら――」

彼女はそう言って立ち上がると、僕の隣に座り、僕の腕に抱き着き、囁くように言った。

「……私の体の全てを差し出してもかまいません」

「ど……どうして僕に言うんですか？　僕が負けを認めたところで、戦力に大きな違いは出ません。ユーリシアさんにも試合が始まったらすぐに降参して舞台を降りてもいいって言われています」

「そうですね。でも、試合に出なければどうでしょうか。たとえば、試合の開始時刻から十分以内にクルトさんが現れなければ、私達の不戦勝になります」

「……どうしてそこまでして勝ちたいんですか？　さっきの言いようだと、お金が目的ってことではないですよね」

もしかして、優勝者がユーリシアさんと結婚できることを知っていて、グルルドさんと結婚させようとしているのかな。

最初から八百長なんて受けるつもりはないけれど、それだとなおさらこの話を受けることはできない。

そう思ったが、事実は違った。

カリナさんは、さっきにも増して真剣な表情になる。

「それは……グルルドが剣闘奴隷《けんとうどれい》だからです」

「剣闘奴隷？　でも、この国では奴隷制度はもう撤廃されたって聞きましたけど」

「はい、通常の奴隷は解放されました。ですが、この島の剣闘奴隷は例外なんです。剣闘士と魔物の命がけの戦いは、この国内外問わず貴族達に人気です。その試合を長く見るため、剣闘奴隷だけは奴隷解放の例外となったんですよ。この島には、少なくとも百五十人の剣闘奴隷が存在していますし、その数は増減し続け、保たれています」

「…………っ!?」

知らなかった。

最初にこの島に来た時は、北国だというのにとても暖かくて町の人も全員優しい平和な島だと思っていた。

でも、まさか百五十人も奴隷として命がけの戦いを強要されているだなんて。

それに、数が増減していると彼女は言った。

増えるということは、新しく剣闘奴隷になる人がいるということだし、減るということは――奴隷から解放されているのだろう。

でも、彼女の顔を見る限り、生きて解放されているとは思えない。

「グルルドはある女性の病気を治す薬を買うため、剣闘奴隷になりました。彼は死ぬまで戦うことを強要されています。ですが、この大会で優勝すれば彼には貴族と同じ待遇が約束され、剣闘奴隷として戦う必要がなくなります」

彼女はそう言って俺の目を見た。

「クルトさん、お願いします。約束してください。決勝戦で私達と戦う時――」

「やめろ」

そうカリナさんの言葉を遮るようにして、一人の男の人が入ってきた。

その人はグルルドさんだった。

まさかの乱入者に、カリナさんは目を見開く。

「……グルルド。なぜここがわかったの？」

「お前がこの店に入っていくところを見かけた者がいてな、そいつから教えてもらった」

そして、グルルドさんは首を横に振り、カリナさんを諭《さと》すように言った。

「俺は戦うことしかできない。剣闘奴隷となったのも、それが理由であり、そして俺の誇りでもある」

そして、グルルドさんは僕を睨《にら》みつける。

「クルトと言ったな。俺のペアが言ったことは忘れてくれ。もし不戦勝などという神聖な戦いを汚す行為をしてみろ。そうすれば、俺は武人としてお前を許さない」

グルルドさんはそう言い残し、銀貨を置いてカリナさんを店から連れ出した。

一人残された僕は、テーブルに置かれた紫茶の代金としては少し多い銀貨を見ながら考える。

この武道大会、僕はユーリシアさんの望まぬ結婚を阻止するために精一杯頑張るつもりだったし、それが正しいことだと思っていた。

でも、今の話を聞いて、僕が勝つことが本当に正しいことなのか、本当にわからなくなってしまった。

『ここでハイルに同情するようじゃ、武道大会じゃやっていけないよ』

ボンボール工房で、元奴隷のハイルさんの話を聞いた時、チッチさんに言われた言葉を思い出した。

本当に、僕はどうしたらいいいんだろう。

野菜や肉などを買い込んで宿に戻った僕は、洗濯と掃除を終わらせ、夕食を作っていた。

足りない調味料類は、宿に併設されているレストランから借りてくる。

その間も、僕は、カリナさんとグルルドさんのことをずっと考えていた。

僕はなぜか、みんなから鈍感と言われることがある。

けれど、そんな僕でもわかっている。

グルルドさんが奴隷になってまで病気を治した女性——その女性というのがカリナさんなのだろう。

カリナさんのために剣闘奴隷になったグルルドさん。

グルルドのため、自分の身を差し出してまで試合に負けてほしいと言ってきたカリナさん。

僕がカリナさんの立場だったら、そして僕がグルルドさんの立場だったら、いったいどう行動するだろうか？

「僕がグルルドさんだったら……」

「クルトとグルルド……たしかに響きは似ているけど」

「ユーリシアさんっ⁉」

気付けば、背後にユーリシアさんが立っていた。

「クルト、包丁を持ったまま振り返るな——それにしても、凄い量だな。さすがに三人じゃ食べきれないぞ」

「え？　——あ」

やってしまった。

考え事をしながら料理をしていたせいで、いつも以上に作りすぎてしまった。

「すみません、ちょっとぼーっとしていて」

「考え事をして料理の量が増えるのはわかるけど、種類が増えるのはおかしくないか？　百種類はあるだろ……考え事をして料理の種類を増やしすぎるのは、クルトの村ではよくある話なのか？」

「いえ、僕の村でもあまりないですね……」

僕だってここまで作ってしまうのは初めてだ。

気付けば、僕が買ってきた食材だけじゃなく、宿泊客が自由に使っていいとされている素材にまで手をつけていた。

「まぁ、私達で食べきれない分は宿の従業員に渡せばいいんじゃないか？　この宿、ＶＩＰが泊まっているせいで従業員の人数がやけに多いからな」

「……そうですね。あとで運びやすい器に入れ替えて持っていきます」

僕は頷くと、ユーリシアさんとリーゼさんが好きそうな料理を数点残し、残りの料理を運ぶ時にこぼれにくい深めのお皿に移し替えた。

その作業の中、僕はふと思いつき、尋ねてみる。

「ユーリシアさん……もしも明日の試合に負けちゃったらどうしましょう」

「そうだね。その時に考えるよ」

ユーリシアさんはあっけらかんとした口調で言った。

その反応が以外で、僕は思わず言葉を続ける。

「でも、そうなったら――」

「私はローレッタ姉さんに無理やり結婚させられる。そう思ってたから、大会に出場した」

ユーリシアさんは僕の横に立ち、フライパンの中にある料理をフォークでつまみ食いしながら言った。

「でもさ、それって結局のところ逃げていただけなんだよね」

「逃げていた……ですか？」

どういうことだろう？

「そう。結婚しなくていいように、大会で優勝してやればいいって思ってた。それが、ローレッタ姉さんへの反抗になっていると……戦いを挑んでいることになってるって思っていた。けど、本当は戦いから逃げていたんだよ。もちろん、逃げるのが悪いことじゃないっての は冒険者をしてる私にはわかるんだけどさ。でも、時には絶対に戦わないといけない場面ってのもあるだろ？」

「絶対に戦わないといけない場面？」

「そうさ。私はね、ローレッタ姉さんと正面から向かい合って戦わないといけないんだ」

ユーリシアさんがそう言って拳を握りしめると、フォークの柄が変形する。

純銀製のフォークだから曲がりやすいのかな。聖銀――ミスリルの方がまだ折れにくい気がするのに、なんで純銀で作ってあるんだろう？

弁償《べんしょう》になるかどうかはわからないけど、ミスリルのスプーンとフォークのセットを宿の人に渡しておこう――心の隅で思いながら、僕はユーリシアさんの話の続きを聞く。

「ローレッタ姉さんは氏族会の言いなりで、私の話なんて絶対に聞いてくれない。そう思っていた。私の正体が暴かれた時、やっぱりローレッタ姉さんにはかなわないって覚悟も決めた。でもさ、それをリーゼとクルト――お前の女装なんていう奇想天外な行動が、ローレッタ姉さんから私を守ってくれた。お前のお陰で、私はローレッタ姉さんに一矢報いることができたんだ」

「僕のお陰って……あれはほとんどリーゼさんが交渉してくれたからで――」

「いいや、お前のお陰なんだよ」

ユーリシアさんは自分の手にあったフォークを見て、「あちゃー」と言いながら、必死に元の形に戻そうとしていた。

「まぁ、だからさ。クルトは明日、明後日の試合はあんまり気負わなくてもいいぞ。全力で戦って、負ければ、その時はその時だ」

「もしも……僕が全力で戦わなかったら？」

「私がクルトの分まで戦うよ」

ユーリシアさんは、「だって、それが私の役割だろ？」と言って、結局元の形に戻らなかったフォークをテーブルの上に置いた。

「クルトは戦いで全力を尽くさなくてもいいんだよ。クルトが全力を尽くすのは、もっと別のことだろ？」

「別のこと？　別のこと……か。ありがとうございます！　少しわかった気がします。あ、ユーリシアさん。少しここを任せていいですか？」

「あぁ、料理はできてるし、運ぶだけなら私がしておくけど。なにをするつもりだい？」

「はい！　とりあえず適当に屑石《くずいし》……ええと、ミスリルでも掘ってきます」

ユーリさんは少し不思議そうにしていたけど、すぐに頷いてくれた。

「わかった。晩ご飯までには帰るんだよ」

「はい！」

その後、僕はミスリルを掘って、それをちゃちゃっとキッチンで加工し、スプーン、フォーク、ナイフのセットを作った。

そして、少し冷めてしまった料理と一緒に宿の従業員に渡して、謝罪をした。

フォークを一本ダメにしてしまった件については許してもらえた。

幕間話　高級宿屋とクルト親衛隊

僕の名前はブルッケ。

高級宿に併設されているレストランのスタッフとして働いている。

現在、このパオス島では武道大会が開かれているため、大陸中から様々な人が訪れているんだけど、中には新聞を読めない子供ですら知っているような有名人も島に来ていた。

僕が働くこの店では、そんな有名人のサインを色紙に書いてもらい、飾っているのを売りにしている。

有名人の色紙が飾られている店なんて、パオス島ではこのレストランくらいなものだ。

最初は変なことをしてるなと思ってたんだけど、しかし意外と評判はいい。

さっきも、この大会で一番の有名人であるクルト・ロックハンスとユーリシアのサインを貰うことができたので、早速飾ってみた。

すると、そのサインの噂《うわさ》をどこから聞きつけたのか、男達がレストランに押しかけてきたのだ。

なぜか全員が同じ柄の、半被《はっぴ》と呼ばれる薄手の布を纏っている。

その背中には、クルミ・ラブという文字が書かれているので、どういう団体かは見ただけでわかってしまう。

クルミ親衛隊の人間だ。

彼らはクルト・ロックハンスのサインを目の前にして、二礼二拍手一礼すると、自分達の席についた。

今の動作がいったいなにを意味するのかは僕にはわからないし、わかりたくもない。

「会合を行う！　我らが神、クルミ様が男だったという件についてだ」

彼らはコース料理を注文すると、早速なにやら会議のようなことを始めた。

その声は大きく、オーダーを厨房《ちゅうぼう》に通している僕の耳にまで届く。

幸い、夕食の時間のピークが過ぎて客がいないので、騒いでいても新たな客が来るまで注意する必要はなさそうだ。

「しかし、クルミ様が男だったとはな。不思議なことに嫌悪感はないが」

「当たり前ですよ、リーダー。だって、クルミちゃんは天使なんですから。聖書によると天使は男でも女でもない存在。つまり、クルミちゃんが男でも女でもそれは仮の性であり、関係ないんです！」

どういう理屈だよ！　と僕はツッコミを入れたかったが、さすがに従業員がお客様に対してそんなことを言うわけにはいかない。

「某《それがし》はむしろ納得したで。かの吟遊詩人、オ・タクロがこういう言葉を残している。『こんなかわいい子が女の子であるはずがない』と。つまり、クルミ様の美しさの秘密は、彼女が男であったことにあるんや」

「「「おぉぉぉぉっ」」」

一同が感心するが、まったくもって意味がわからない。

本当にこのお客様達はなにを考えているのだろうか？

きっと、言葉の通りのことを考えているんだろうけれど。

前菜を運ぶと、彼らは一度話を中断して前菜を食べ始めた。

だが、食事の途中で話はさらに広がる。

「リーダー、クルミ様の呼び方はこのままでいいのでしょうか？」

「たしかに、クルト様と呼びなおした方がいいかもしれないな」

「審判もクルトとユーリシアと言い直していたし、公式でもクルト様だからそれでいいのではないか？」

先ほどよりはマシな話だった。

誰も異議を唱えない。

「それではファンクラブの名前はクルミ親衛隊からクルト親衛隊にしよう。物品係、今すぐクルミ様グッズの名前を差し替えるんだ！　明日の決勝戦から販売する物品の名前を変えるぞ！」

「待ってください、リーダー。もう商品は完成していますし、工場も止まっている時間です。明日の決勝戦までには間に合いません！」

「安心してください、私に考えがあります」

そう言ったのは、これまで発言を控えていた男だった。

席順からして、一番下っ端っぽいポジションの男だ。

「皆さん。私はこのパオス島の島主です！　イシセマ島島主のローレッタ様やエレメント氏族会の面々が島を訪れている今は影が薄くなっていますが、しかし、島主の権限は確かです。工場を再稼働させるのです！　私が島主となったのは、この日、クルト様グッズを完成させるためであるといっても過言ではありません！」

過言であってほしかった。

というか、影が薄くて全然気付かなかったが、島主が一番下っ端の席に座っているって、どうなっているんだ、この団体。

「よし、なら工場は任せた。明日の試合開始までにうちわ、ハチマキ、ハッピを最低三百セット用意してくれ。できれば五百は欲しい」

「わかりました！」

島主の表情はとても輝いている。

本当になにをしているんだ？

いったい、クルトのどこがいいんだ。

僕にとっては困った客でしかないというのに。

「おい、ブルッケ、支配人が呼んでいたぞ」

「……あぁ、例のことか」

僕はため息をついて厨房を出た。

原因は、クルト・ロックハンスが純銀製のフォークを曲げてしまったことだ。

お詫《わ》びとして差し出された料理と代わりのフォーク、ナイフ、スプーンのセット、そして手作りというブローチを受け取り上司に報告したのだが……その上司は、支配人は納得しないだろうと言っていた。

実際こうして呼び出されたということは、納得がいかなかったのだろう。

そうして支配人室に向かうと、事情を説明しろと言われた。

でも、僕はクルトから聞いた話をそのまま伝えるだけしかできず、結局、支配人からの叱責《しっせき》を受けることになったのだった。

「銀製のフォークがいったいいくらすると思っているんだ……ＶＩＰの毒殺防止のため、銀製以外の食器は使えないというのに」

その言葉はもう七度目だ。

そろそろ切り上げたい。

「では、この代わりに貰った食器はどうしましょう？」

「使えないものは置いていても仕方がないだろう。売ってしまえ。それにしても美しいな。銀ではなさそうだが……まさか、白金か？」

支配人は、食器をダメにされたことに腹を立てて、それまで食器セットを見ていなかったのだろう。

改めてフォークを持って言った。

「いえ、少年が言うにはミスリル……？　という金属だそうです」

「なるほど、ミスリルか。どうりで見たことがないはず……ミスリルだとっ⁉」

「それでは買取屋にでも売ってまいりますね」

支配人が驚いているが、僕は早くこの部屋から出て行きたい。

「バカ言え！　まずは鑑定だ！　これが本物のミスリルの食器なら、それを買取屋に売るなんてとんでもないことだ！　貴族どころか王族相手に売れるものだぞ！」

「はぁ……少年は大した価値はないと言っていましたが……ミスリルって価値があるんですか？」

「バカ者っ！　お前もバカなら少年もバカだっ！」

支配人が僕のことを怒鳴りつける。

「バカバカって、パワハラですよ、支配人」

「パワハラ上等だ！　急いで鑑定をしろ！」

「あの、私は上がりの時間なんですけど。残業はちょっと――働き方改革の時代ですし」

「残業ができんでサービス業がつとまるかっ！　急げっ！　いや、待て！　持って出るのは物騒《ぶっそう》だ！　鑑定士を呼べ！」

結局、僕は支配人には逆らえず鑑定士を呼んだ。

安くない出張費を支払うことになった支配人だったが、その結果、本物のミスリルが使われていることがわかり、支配人はホクホク顔だった。

さらに、特別ボーナスということで銀貨十枚と、明日の武道大会の試合観戦チケットまで渡してきた。

さっきまで困った客だと言ったクルトのお陰で、僕に思わぬ幸運が舞い込んできた。


そうして、僕達従業員の下っ端が交代で食事をとる時間になった。

いつもは残飯処理が主な食事だったが、今日はそのクルトから差し入れされた料理を食べることになった。

残飯より遥かにマシな……いや、どう見ても美味しそうな料理を前にして、喉が鳴る。

「では、いただきます」

一口料理を食べた瞬間、僕は天にも昇る気持ちになった。

こんなに美味しい料理、食べたことがない。

一日の疲れ……いや、労働者として働きはじめてから蓄積《ちくせき》されてきたこれまでの疲れが、全て吹き飛ぶ味だった。

と同時に、本来の自分を思い出す。

そもそも、僕がこの店で働こうと思ったのは、料理の勉強がしたかったからだ。

そのためにレストランで働いているのに、少し顔がいいという理由で給仕の仕事ばかり押し付けられ、料理どころか下準備すらさせてもらえない。

でも、こんな料理の可能性を目の当たりにしたら、やっぱり夢見てしまう。

料理人になりたいと。

「僕、この店を辞めるよ」

思わず僕は、隣に座る同僚にそう言ってしまっていた。

鑑定士に特別に教えてもらったのだが、僕がクルトから貰ったミスリルのブローチは金貨三十枚の価値があるらしい。

これを元手にすれば、自分の店を持つこともできるかもしれない。

でも、その前に——

僕は給仕服を脱ぎ、私服に着替えると、いまだ客席で論議を繰り広げているお客様のところに向かった。

そしてこう頼んだ。

「あの……僕もクルト親衛隊のメンバーに加えてください！　お願いします！」

こうして僕は新たな道を進むことになった。

後日、クルトの弟子というゲールハークに弟子入りし、料理人としての本格的な修業を始めることになるのだが、それはまた別の話だ。

第3話　武道大会の裏側で

準決勝、そして決勝戦の当日になった。

リーゼさんは先に貴賓席に向かったので、隣の部屋にはユーリシアさんしかいないはずだ。

僕は頬を叩いて気合を入れる。

昨日はいつもより多く寝た。準備運動もした。歯磨きもしたし、顔も洗ったし、緊張しても胃が痛くならないように万能薬も飲んだ。

ユーリシアさんの分の傷薬も持ったし、相手を怪我させてしまった時のために対戦相手四人分の傷薬も持った。

愛用の短剣は昨日のうちに研《と》いである。

決勝戦は午後になるので、僕とユーリシアさんの分のお弁当も用意したし、水筒にお茶も入れた。

「クルト、準備はできているか？」

扉の向こうからユーリシアさんの声が聞こえた。

「はい、待ってください。朝ごはん、ユーリシアさんの大好きなハニートーストと目玉焼きのモーニングにしました」

僕は扉を開け、テーブルの上に用意しておいた朝食を並べる。

「美味しそうだね。一人だと朝ごはんは屋台で済ませていたから、こういう朝食は本当にありがたいよ」

「喜んでもらえて嬉しいです」

ユーリシアさんが目玉焼きの白身の部分を切って、黄身につけて食べる。

彼女は僕が作った平凡な朝食を、本当に美味しそうに食べてくれるのだ。

昨日の夕食なんて、涙を流す演技までして僕の夕食をほめちぎってくれた。さすがにそれはやりすぎな気がする。

「ところでクルト、その頬はどうしたんだ？　赤く腫《は》れてるけど」

「ちょっと気合を入れすぎまして」

「まぁ、その程度なら朝食を食べ終わったら腫れも引くだろうさ」

ユーリシアさんは、少し呆れたように笑って言った。僕は恥ずかしくて、さらに頬が赤くなった気がする。

「あ、そうだ。これ、ユーリシアさんの分の投げナイフです。使いやすいと思ったら使ってください」

僕はユーリシアさんの前にミスリルのナイフ十二本を並べた。

「ありが……」

ユーリシアさんはお礼を言おうとしたようだけど、手から床の上にトーストが落ちた。蜂蜜《はちみつ》を塗ってある面が下になってしまう。

なんで、こういう時ってジャムとかバターとか蜂蜜を塗ってある面が下になってしまうんだろう？

「新しいパンを用意しますね」

「あ、いや大丈夫、これでいい」

「よくありません。大切な試合の最中にお腹を壊したらどうするんですか」

僕はそう言って、落ちたトーストを拾って捨て、もう一枚トーストを焼き上げた。

「はい、どうぞ」

「ありがとう。ところで、このナイフ、全部宝石のようなものが付いてるんだが……魔剣なのか？」

「魔法晶石は付けてますが魔剣ではありませんよ。火、水、風、土の四属性の性能を持っているというだけです」

ミスリルを採掘するための縦穴を掘っている途中で、それぞれの属性に適した宝石の原石も手に入ったので付けてみたのだ。

各属性、それぞれ三本ずつ用意してある。

「……昨日、ミスリルを掘りに行くと聞いた時半分諦めてたけど……そうか。うん、助かるよ」

ユーリシアさんは納得すると、トーストを食べながらナイフを一つ一つ確認していく。

真剣な眼差しだ。

きっと、ナイフを使ってどういう風に戦うか、頭の中でシミュレーションを組み立てているんだろうな。

「(……これ一本金貨何百枚の値が付くんだ？　これを投げナイフにするって、投石紐《スリング》で金塊を投げるようなもんだろ。試合が終わったあとで回収するのが前提だが、なくさないようにしないといけないな)」

ユーリシアさんは、ほとんど聞き取れないような小さな声でブツブツと呟いている。

僕はユーリシアさんの邪魔をしないように、ぬるくなってしまったユーリシアさんのスープをそっと下げて、温めなおすことにした。

そんな朝食を終え、ユーリシアさんと僕は最後の準備をする。

「男装しなくてもいいっていうのは楽でいいよ。これで本当の戦い方ができる」

ユーリシアさんは普段着ている軽鎧を身に着け、僕が作った刀——雪華を携《たずさ》える。

「ユーリシアさんが得意なのは速度を活かした戦い方ですからね。重い鎧を着て大変だったんじゃないですか？」

「そうなんだよ。スカートも穿けないから、ナイフを投げる感覚がどうもね」

ユーリシアさんは普段、太ももにベルトを巻いて何本もナイフを隠し、瞬時に取り出して投げることができる。

鎧を着れば防御力が上がるけど、あの姿はユーリシアさんにとってハンデでしかなかった。

そんな状態でチャンプさんと一騎打ちして勝てるなんて、本当にユーリシアさんは凄い人だ。

「クルトだって女装して変わって……あ、いや、クルトはいつもと変わっていなかったな」

「え!?　変わってないってことはないと思いますよ！」

「そう言われてもなぁ……思い返してみれば何も変わってない」

それって、全然嬉しくないよ。

僕は普段から女の子みたいってことなのかな。

「……さて、そろそろ会場に行くか。まだ時間はあるけど、なにか連絡事項があるかもしれないしね」

「はい！」

僕は荷物を持って、ユーリシアさんと一緒に宿を出た。


試合会場に来た僕達は、準決勝に残った選手用の観覧席で、先に行われる第一試合が始まるのを待っていた。

僕達の試合は第二試合。試合の疲れのことを考えると不利な順番らしい。

いくら休憩時間と三位決定戦があるとはいえ、決勝戦は今日中に行われる。休憩時間の長い第一試合の選手の方が有利なのだとか。

「しかし、遅いね……」

ユーリシアさんが独り言のように呟いた。それは誰もが思っていることだろう。

というのも、間もなく試合開始時刻だというのに、トルクワール・ピコ選手ペアの姿が現れないのだ。

「あと一分か」

ユーリシアさんが背後にある時計を見て言った。

そもそもあの二人は、選手の控室に現れてもいない。

試合前のトイレが長引いているということでもなさそうだ。

「試合に間に合わなかったらどうなるんですか？」

「その場合はいかなる理由があっても失格だよ。二人揃って寝坊っていうのはあまり考えられないんだけどね」

「……失格」

ユーリシアさんの答えに、僕は昨日のことを思い出した。

まさか、カリナさんが試合に負けて欲しいって頼んだとか？

そう思ったが、カリナさんも舞台の上で困惑している。どうやらこれはカリナさんにとっても想定外の出来事だったようだ。演技の可能性もあるけど。

「まぁ、試合相手が完全な状態で決勝戦に上がってくるけど、その分私達の試合も早くなって休憩時間を確保できるから、決勝戦への影響はあまりないさ」

僕を励ますようにユーリシアさんが言った。

「そうですね……決勝戦に影響は――」

「おいおい、余裕だな。準決勝の前からもう決勝の話か？　俺達のことを道端の石としか思っていないんじゃないか？」

僕の言葉を遮ってそう言ってきたのは僕達の対戦相手の獣人――リー選手だ。

「ごめんなさ――」

僕が謝ろうとしたが、それをユーリシアさんが制する。

「別にあんた達のことを蔑《ないがし》ろにしているわけじゃないさ。ただ、誰だって試合に負けることを想定しているわけじゃないだろ？」

「ああ、その通りだ。悪いが、次の試合、俺達が頂くぜ！　なーに、俺達に負けても、あの胡散臭《うさんくさ》い奇術師が失格になったら、あんた達が自動的に三位入賞できるんだ。悪くない話だろ。なにしろ、俺達はあんた達の弱点を――ギャァアアア」

「……お兄ちゃん、喋《しゃべ》りすぎ」

リー選手が、妹のチー選手に背中を引っかかれた。血が出ているけど大丈夫かな？

僕達の弱点について喋りそうになったのを止めたんだろう。

でも、言葉を止めなくても、僕達のチームの弱点が、僕の弱さだってことは百も承知だ。

「チー！　痛いだろっ！　お前の爪は岩をも斬り裂くんだからなっ！」

「……いいから黙ってて──」

チー選手がそう言った時、審判が舞台に上がった。

「規定時刻になりました！　この試合、グルルド選手とカリナ選手の不戦勝と致します！」

審判の宣言により、会場はブーイングの嵐に包まれた。

「じゃあ次は俺達の試合──って、お前に引っかかれた服がボロボロになってるじゃないか！

チー、着替えはどこだ？」

「……控室の私のロッカー」

「急いで着替えるぞ！」

リー選手とチー選手が慌ただしく控室に向かった。

僕達も試合の準備をしないといけない。

「ま、これでカリナがクルトに再度不戦敗の話を持ち掛けてくる可能性は低くなったたな」

ユーリシアさんが思わぬことを言った。

「え？　ユーリシアさん、知っていたんですか？」

「知ってたって……クルトが不戦敗の話を持ち掛けられたことか？　偶然、ユライルが聞いていたらしくてな」

「そうだったんですか」

たまたまあの店にユライルさんもいたのかな？

「さすがに二試合連続、しかも準決勝と決勝が不戦勝ってなったら、名誉も何もあったもんじゃないからな。疑惑の判定だとか偽りの優勝者だとかいろいろと叩かれるネタになりかねないし、カリナもそれは避けたいだろう」

ユーリシアさんが笑いながら言った。

「どうして、僕が不戦敗の話を持ち掛けられたことを知っているって教えてくれなかったんですか？」

「クルトのことだ。昨日はしっかり悩んで自分で答えを出したんだろ？　私はその答えを尊重する——そう思っただけさ」

「……なんか全部見透かされているみたいで、ユーリシアさん、ズルいです」

子供扱いされているようで、恥ずかしくもある。

「でも、信じて待っていてくれてありがとうございます」

「どういたしまして——じゃあ準決勝の準備でもするか」

その後、審判から声をかけられ、僕達の試合が予定より大幅に早くなることが決まった。

「なんで俺の着替えが全部ボロボロになってるんだよ」

「……むしゃくしゃしてやった。反省はしていない」

「反省くらいしろよ！　あぁ、こうなったら上半身裸で戦うしかないじゃないか」

「……南国だからオッケー？」

「ここは暖かいが北国だ！」

控室でリー選手とチー選手がなにか言い争っている。

どうやら服が全部ボロボロになっていたらしい。

さすがに裸で戦うのはかわいそうかな？

「あの、よかったら僕が縫《ぬ》いましょうか？」

僕は裁縫《さいほう》道具を持ってそう尋ねた。

後ろからユーリシアさんが「なんで試合の日までそんなものを持ち歩いているんだ？」と尋ねてきたけれど、万が一服が破れたら縫わないといけないからね。

「縫いましょうかって、試合まであと十分、穴はこんなに広いんだ！　縫えるもんなら縫ってみろっての」

リー選手が文句を言って僕に服を投げた。

「はい、わかりました」

僕は服の色に合った糸を手に取ると、持ち歩いている複数の染色剤を混ぜ合わせて糸を染め、さっと縫い合わせた。染色剤は組み合わせた素材同士の影響により即座に乾燥するので色落ちする心配もない。

「はい、できました……ってあれ？　どうしました？」

リー選手とチー選手の表情がおかしい。

「できましたって、お前、なにをした？」

「なにって、縫ったんですが？」

「……手の動き、獣人族の動体視力をもってしても見れなかった」

チー選手はそう言ってリー選手の顔を見て尋ねる。

「……お兄ちゃんも見えなかったはず」

「お、俺は見えたぞ！　なかなかの腕だな――ふん、ありがとよ！　でも試合前だ、礼は言わないからな」

リー選手はそう言って奪うように僕から服を受け取ると、縫い合わせたところをじっと見詰めていた。

「あいつ、礼は言わないって、その前にありがとうって言ってるのにな」

「僕、余計なことしましたかね？」

「いいや、これであの二人もわかったはずだよ」

ユーリシアさんは僕の頭に手を乗せて言った。

「クルトが弱点じゃないってことがさ」

そんな間違っていることを言ったユーリシアさんの顔は、なぜか誇らし気だった。

僕とユーリシアさん、そしてチー選手、リー選手の試合が間もなく始まろうとしていた。

お互いに武器を構え、あとは審判の開始の合図を待つばかりだ。

なぜだろう、チー選手もリー選手もどちらもユーリシアさんではなく、僕のことを警戒しているような気がする。

少し腕が疲れたので、一度斧を下ろす。

地面に当たった斧から、ガンっという鈍い音が響いた。

それを見て、二人がなにやら囁き合っている。

「(チー、あの斧の重さ、何キロあると思う?)」

「(……お兄ちゃんなんかが考えているより重いのは確か)」

「(だよな。あんな斧を普段から持ち歩いているのか……ん?　お前今、俺のことをバカにしたか?)」

「(……してない、気のせい)」

「(そうか、気のせいか)」

あれ?　なんだろう?　二人がさらに僕のことを警戒している気がする。

それにしても仲のいい兄妹だな。僕は一人っ子だったから少しだけ羨ましいや。

「(いいか、まずは俺が陽動をしかけるから――)」

「（……私がその隙をついて）」

二人がなにか囁き合っている間に、審判のお姉さんが壇上に上がった。

「皆様、長らくお待たせしました。先ほどの試合は不戦勝という儲《もう》けの少ない——もとい、つまらない——じゃなくて残念な結果になってしまいましたが——はぁ、払い戻し金の処理大変だな——とにかく、次の試合はちゃんと成立してくれてほっとしています！」

武道大会って国営のはずだけれど、お金に余裕はないのかな？

審判のお姉さんの口調が少し愚痴《ぐち》っぽい。

「しかし、ご安心ください。一回戦では壇上を破壊し、二回戦ではダークホースのパープル・メイド仮面ペアを撃破し、実は性別が逆だったというクルミ・ユーラ——もといクルト・ユーリシアペア。そして、獣人国の代表、俊敏性は間違いなく本大会でナンバーワンのリー・チーのペア。一回戦、二回戦ともに目にも留まらぬ早業で敵を倒すその姿は、戦闘というよりもはや野性味あふれる狩り！」

「おい、獣人は獣とは違うんだ。変な言葉を使うな」

リーが文句を言ったので、審判のお姉さんは一瞬言葉を詰まらせた。

「……あー、失礼しました。その戦い方はまさに疾風《しっぷう》！　まばたきをする間に戦局が大きく変わっていることでしょう！　果たして、この両ペアがどんな試合をしてくれるのでしょうかっ!?　間もなく試合を開始します！」

審判のお姉さんがそう宣言したことで、会場はさらにヒートアップした。

この溢《あふ》れんばかりの歓声の一部が僕にも向けられているのだと思うと、誇らしい反面、少し場違いな場所にいるように思えてくる。

ダメだ、もっと自信を持って戦わないと。

お姉さんが手を前に出した。

「それでは――試合、開始っ！」

お姉さんがそう宣言すると同時に、本当に疾風のごとくリー選手が僕の前に現れ――僕に掌底を喰《く》らわせた。

僕の体はあっけなく場外に吹っ飛ばされてしまった。

痛みで気を失う直前、なぜかリー選手が一番驚いていたように見えたんだけど、気のせいかな？


目を覚ました時、僕は医務室にいた。

どうやら気を失っていたらしい。ユーリシアさんはまだ試合をしているのだろうか？

「っ！」

起き上がると同時に襲ってきた痛みにお腹を押さえた。

内出血を起こしているのか、お腹が紫に変色している。

僕は腰から下げた革袋の中から常備薬を取り出して飲んだ。

痛みがすぐになくなり、動けるようになった。

「士爵様。お見舞いに来たよ」

と、そのタイミングで、そう言ってターバンを巻いたチッチさんが部屋に入ってきた。

「すみません、もう大丈夫です。試合はどうなりました？」

「試合はさっき終わったよ。士爵様があまりにも簡単に負けたものだから、驚いて隙だらけになったリーって子を、ユーリシア女准男爵様が後ろからあっさり倒してしまい、その後チーって子と女准男爵様が一対一で戦って――」

　そこでチッチさんが言葉を切る。

「どっちが勝ったんですか⁉」

「無事に士爵様達の勝ちだよ」

「そうですか……はぁ……」

「どうしたんだい？」

「いえ、やっぱり僕は役に立たなかったなって思って。頑張ろうって思ったんですけどね」

「頑張っただけでなんとかなるのは、物語の中だけだからね」

「……そうですね」

そう、僕はやっぱり僕――クルト・ロックハンスはクルト・ロックハンスでしかない。

物語の英雄のようにはなれない。

そんなのはわかりきっていた。

落ち込む僕に、チッチさんが明るい調子で声をかけてくる。

「そうだ！　実は士爵様にしかできない頼みがあるんだけど」

「僕にしかできない頼みですか？」

「そうそう。決勝までもう少し時間があるから頼むよ」

そう言って、チッチさんは僕にあることを頼んだのだった。

◇◆◇◆◇

準決勝が終わり、急いで医務室に向かおうとしている私は、廊下でリーに呼び止められた。

「ユーリシアさん、俺ともう一度勝負しろ」

立ち止まらずにそのまま走り去ればよかった。

不意をついて一撃で昏倒《こんとう》させたことを根に持っているのだろう。

だからといって、こんな場所で喧嘩《けんか》を吹っかけてくるなんて常識知らずにもほどがある。

もしも私が試合に負けてこのペアが優勝していたら、私はこの考えなしの獣人と結婚させられていたのかと思うとぞっとするよ。

もう面倒だから、また不意をついて気絶させてやろうか——そう思ったところで、私以外の誰かがリーの頭をぶん殴った。

妹のチーだった。

「……お兄ちゃん、言葉足らず。今勝負してほしいというわけではない。『来年は負けないからな』という意味。私も来年は負けない」

「俺はそう言っただろ？」

「言っていない」

どうやら不意をついて倒したことへの文句ではないらしい。

それがわかってホッとしたが、私は首を横に振る。

「来年は試合に出るつもりはないよ」

「なんでだよ」

「今年は目的があって出場したけれど、本当はあまりこの大会とは関わりたくないんだよ」

「なんでだ、そんなに強いのに！　そもそも、なんであんな弱い男とペアを組んでるんだ！」

「クルトをバカにするなよ。あいつは強いとか弱いとかそういう次元の人間じゃないんだ。特にあいつをバカにすると……」

私がそう言ったところで――

「クルト様を侮辱するバカに天誅《てんちゅう》をっ！」

タイミングよく飛んできた矢が後頭部に命中し、リーはその場に倒れた。

「――こういうことになるからな」

本当にあのまま走り去ればよかったと思いながら、落ちた矢を見る。

幸い、これは訓練用の鏃《やじり》の部分が丸くなっている矢だったので突き刺さってはいない。ただそれでも、リーをノックダウンさせるだけの威力があったようだ。

「室内で矢を使うなよ、リーゼ」

私は廊下の向こう側から弓を携えてやってくるリーゼを見てため息をついた。

いったいなぜあいつが、こんな場所で弓を持って歩いているのかは、神にもわからないだろう。

「あら、ユーリさん、いましたの。すみません、クルト様を侮辱する愚か者の言葉が耳に入ったのでつい――」

「ついって、こういうのは誰にも見られない場所でやれよ。気持ちはわかるから強くは言わないが」

私とリーゼが話していると、リーが起き上がり叫んだ。

「いや、強く言えよ！　明らかにおかしいだろ。なんでいきなり射られているんだ！　誰だよ、こいつ！」

「なんですの？　私は今からクルト様の看病をするために医務室に向かって、人肌で温めたり人工呼吸したりと応急処置を施さなければならないのです。邪魔しないでくださいますか？」

「なんで打ち身の応急処置が体温確保と人工呼吸なんだよ。おい、チーもなんとか言ってやれ！」

「……お兄ちゃんがうるさくてごめんなさい」

「俺が悪いのかっ⁉　え？　俺が間違ってるのかっ⁉」

今からでも遅くない、すぐにこの場を立ち去ろうと思った、その時だった。

廊下の先を歩いている人影を見つけた。

……あれって、ローレッタ姉さん？

それにしてはなぜか思い詰めた表情だ。

私が優勝しそうになって焦っている？　クルトがあまりにも簡単に負けてしまって、このまま私が優勝してクルトを結婚させてもいいのかと考えているとか？

「リーゼ、クルトのことを頼む！」

「はい、お任せください！　クルト様、今リーゼが参ります！」

リーゼが走り去ったことで心配になるが、私はローレッタ姉さんを追いかけることにした。

いったいどこに向かっているのだろうか？

「なぁ、ユーリシアさん。なんで尾行してるんだ？　あれ、確かこの大会の主催者だよな、チー？」

「……ローレッタ様だね」

「なんでお前らがついてきてるんだ？」

どういうわけか、獣人兄妹が私と一緒についてきていた。

邪魔をしないでほしいんだが。

「質問に質問で返すのはよくないぞ。まだ話の途中だったのに勝手に行くからだろ」

「……見失う」

チーに言われ、私はローレッタ姉さんを見失わないように足音を立てずに走った。

勝手についてきているが、しかしさすがは獣人。忍び足の技術は私よりも上のようだ。

そうしてついに、ローレッタ姉さんは関係者以外立ち入り禁止の区域に入る。

「私の従姉なんだよ、あの人」

「そうなのか……で、なんで尾行してるんだ？」

「ちょっと気になることがあってね」

私がそう言ったところで、ローレッタ姉さんは地下に続く階段を下りていった。

そういえば、クルトが地下にいる氏族会のところに土嚢を運んだって言っていたな。

なら、この先にいるのは氏族会の連中か。

ということは、ローレッタ姉さんは氏族会に指示を仰ぎに行った可能性が考えられる。その指示の内容がわかれば、私も対処しやすくなる。

私はローレッタ姉さんに気付かれないように階段を下りていった。

……リーとチーを連れて。

「だから、お前らはついてこなくていいんだぞ」

「悪い、そうもいかなくなった」

リーが突然妙なことを言い出した。

どういうことだ？

そう聞こうとしたところで、ローレッタ姉さんが誰かと話している姿が見えた。

一人は氏族会の人間だ。名前は……ホーゼントだったか。氏族会の中では立場が低い人間だった。

そして、もう一人にも見覚えがあった。

「――トルクワール」

あの奇術師のような姿は間違いない。

なぜ準決勝で不戦敗になった奴がここにいるんだ？

もしかして、獣人兄妹がついてきたのは、三位決定戦で戦う相手がここにいるから？

それを聞こうと振り返ったところで、獣人兄妹がなにかを見て固まっていた。

廊下に無造作に置いてあった箱を勝手に開けていたのだ。

いったいなにをしているんだ――と私もその箱の中を見て――そして兄妹と同じように固まった。

箱の中には、少女の死体が横たわっていたからだ。

よく見れば、トルクワールのパートナーであるはずの少女――ピコだ。

なぜ、ピコがこんなところで死体になっているんだ？

それに、私は経験上何人かの死体を見てきたことがあるのだが、これは少し妙な気がする。

なにがおかしいかと言われたらはっきりと答えられない。いくら見ても普通の死体のように見える——しいておかしいところをあげるとしたら、外傷がないくらいだろう。

私のその違和感の正体を教えてくれたのは、獣人兄妹だった。

「この死体、死後十日は経過してるだろ」

「表面は取《と》り繕《つくろ》っているけれど、内部が腐っている」

そう言われて、私は違和感の正体が見た目ではなく臭いにあることに気付いた。

だけど、今なんと言った？

「死後十日？　いやいや、昨日、この子は普通に動いていただろ。あんた達も臭いなんてしなかったただろ？」

「昨日はかなりきつい香水をつけていたからな」

「……体のどこかが壊死《えし》しているのかと思うくらいの違和感はあった」

そう言ったチーをリーは睨みつける。気付いていたのなら伝えろよと言いたげだ。

しかし、ということは昨日の時点で既にピコは死んでいたことになる。

死体を動かす能力は、死霊使いのものだ。

おそらく、トルクワールが死霊使いなのだろう。

そして、死霊使いとなれる者は限られている。

そう、悪魔と契約した者だ。

トルクワールは悪魔と契約をしている——それはかなり危険な情報だ。

私はトルクワール達の方を見た。

ちょうど三人が、奥の部屋に入っていく。

それを見届けた私は、リーとチーの方を向く。

「リーとチー、二人は医務室に行って、さっきのリーゼって女に今見たことを伝えてくれ」

「俺に矢を射てきた奴か？　あんな奴に話して大丈夫なのかよ」

「さすがに氏族会と悪魔が関わっているとなると、政治的な配慮が必要になるからな。そういう意味ではあいつ程の適任者はいないんだよ」

普段はバカばかりやっているが、リーゼの外交能力の高さは私も認めている。

私の話を聞いて、リーとチーは後ろ髪を引かれる思いだったようだが、自分達には荷が重いことを承知しているのか、素直に従ってくれた。

去り行く二人を見送り、私はローレッタ姉さん達が入っていった部屋に向かう。

ここまで複雑な道を進んできたが、私の勘だとちょうど舞台の真下に位置していて、おそらくこのあたりで一番広い部屋だろう。

私は慎重に扉を開けて中を覗く。

そこにはホーゼント以外の氏族会の面々が揃っており、ローレッタ姉さんとトルクワールもいた。

部屋の中心は土がむき出しになっていて、その中央部の土は盛り上がっている。

おそらく、クルトが土嚢を運んだ部屋はこの場所なのだろう。

いったいこの部屋はなんなのだろうか？

私は耳を澄ませて中の声を拾う。

「よく来たな、ローレッタ」

「もうすぐ決勝戦で忙しいのでありますが、一体なんの用でありますか？　不戦敗となったトルクワールがここにいる説明も受けていないでありますが」

氏族会の挨拶に、ローレッタ姉さんは不機嫌そうに返した。

どうやら、彼女はほとんど事情を理解していないらしい。

「うむ、其方《そなた》にはまだ話していなかったな。我々のこの大会の目的を」

「それはユーリシアを結婚させ、子供を作らせ、イシセマの島主に据《す》えることでありましょう」

島主に据える？

子供を作らせようとしていることは知っていたが、そこまでのことは知らなかった。

私はてっきり、次期島主はローレッタ姉さんの子供が継ぐものだとばかり思っていたし、だからこそ、私を無理やり結婚させるくらいなら自分が結婚すればいいのにという反感も抱いていた。

「それは確かに必要なことだ」

「毒のせいで子供を作れなくなった其方に代わってな」

「嘆《なげ》かわしいことだ。其方のような優秀な人間の血を残せないのは」

氏族会がローレッタ姉さんの言葉に同意するように答えた。

ローレッタ姉さんが子供を残せない――それもまた初耳だった。

そして、毒のせいという言葉も。

毒……姉さんは毒を受けて子供が作れなくなった？

いったいいつ？

答えがわからないまま、話は進む。

「だが、それともう一つある。それは、全ての世界に我々の力を知らしめるためだ」

「力を知らしめる――優勝者の力をアピールする、という意味ではないのでありますな。ここが会場の真下にあるということと関係あるでありますか？」

「ほう、さすがは察しがいいな。だが、これはどうじゃ？」

氏族会の長老ルネンスが小さな箱を取り出して開く。

宝石箱のような豪奢《ごうしゃ》な箱の中に入っていたのは、大きな種だった。

私は思わず息を呑む。

種の正体はわからないが、そこからは不思議な力が感じられたのだ。

とても強大な――それこそ私が相対した上級悪魔やドラゴンと同じような――もしくはそれ以上の力を。

「それはなんの種でありますか？」

「うむ、これは大精霊――ドリアードの種なのじゃ」

ドリアードっ⁉

私は思わず叫びそうになった。

ドリアードといえば、伝説に登場する森の大精霊の名前だ。

樹齢何千年もの大木に寄り添い、美女の姿で姿を現す。

そして、その木が枯《か》れる時、自らの命も尽きるという。

その知名度は四大精霊であるサラマンダー、シルフ、ウィンディーネ、ノームに匹敵するが、実際に存在するかは未確認だった。

「ドリアードの種があるなんて聞いたことがないでありますが」

「あたりまえじゃ、これは人工的に作られたものじゃからな。言うなれば人工大精霊じゃの。いろいろと苦労させられたがな。ほれ、予選でトレントが大量に見つかったという報告があったじゃろ？　あれはこのドリアードの種を作る時の失敗作なのじゃ」

「ヒカリカビまで現れた時はどうなるかと思ったが」

「そこは大会の参加者がよくやってくれたな」

口々にローレッタ姉さんに応える氏族会の面々。

あのヒカリカビの騒動の原因はこいつらだったのか。

道理でヒカリカビが現れたことを報告しても運営が動かなかったわけだ。なにしろ運営の中心にいる氏族会が最初から全てを把握していたのだから。

「トレントキングまで生まれたのはよいのじゃが、そこから先は苦労させられてな……そんな時、この方が声をかけてきてくれたのじゃ」

ルネンスの言葉を受けて、トルクワールが一歩前に出た。

そしてなんと、彼は片手で顔を覆うと、まるで仮面を剥がすかのように自分の顔を剥がしたのだ。

同時に、その服装も一気に変わる。

帽子を深くかぶった男——その男を私は知っていた。

「はじめまして、私は《脚本家《スクリプター》》と申します」

そう、かつて私がタイコーン辺境伯領の秘密の地下室で相対した魔族だったのだ。

奴は以前、タイコーン辺境伯を利用して、クルトの幼馴染《おさななじみ》である魔族ヒルデガルドを誘拐して監禁させたことがあった。その目的は、ヒルデガルドの仲間の魔族とホムーロス王国との間に戦いを生み出すことだった。

そして、奴は人間に悪魔を呼び出させる方法も知っている。

死霊術を利用してピコの死体を使っていたとしても不思議ではない。

だが、なぜ魔族が氏族会の味方をするのかがわからない。

氏族会も人間なんだし、魔族とは敵同士ではないのか？

どちらにせよ、あの魔族がいる以上、平穏無事で全てが終わるとは思えない。

警戒するように、ローレッタ姉さんが尋ねる。

「あなた、人間ではないでありますね。何者でありますか？」

「これから死にゆくあなたには関係のないことですよ。ローレッタ嬢」

《脚本家《スクリプター》》の言葉と同時に、ローレッタ姉さんの横にいたホーゼントが突然彼女に襲いかかった。

いつの間にか、ホーゼント顔から生気が抜け落ち、肌全体が土のような色になっている。

しかしローレッタ姉さんの行動は速かった。

咄嗟に腰の剣を抜き、自分へと伸びてきたホーゼントの腕を斬り落とし、さらには首をも斬り落とす。

不意を打たれたはずなのにその行動に迷いはない。

さすがだと私は思った。

だが、次の瞬間、ホーゼントの首から上が黒い霧となってローレッタ姉さんに襲いかかる。

それでもローレッタ姉さんは黒い霧に斬りかかった。

かつて彼女が私に一度だけ見せてくれた剣技——魔法斬りだ。

黒い霧は、真っ二つに裂けて霧散する。

しかし、今度はホーゼントの首から下の部分が黒い霧となり、ローレッタ姉さんを覆うように襲いかかった。

ローレッタ姉さんは魔法斬りでは対処できないと思ったのだろう、一度距離を置こうとする。

だが、信じられないことに斬り落とされたホーゼントの手がローレッタ姉さんの足を掴んでいた。

そしてそのまま、黒い霧がローレッタ姉さんを覆った。

助けに入る暇もない、一瞬の出来事だった。

「その男は私お手製の死した人形ですよ。あなたに呪いを与えるために用意した――ね」

《脚本家《スクリプター》》がそう言った途端、黒い霧は晴れ、姿を現したローレッタ姉さんがその場に膝《ひざ》をついた。

「……これは……力が……」

ローレッタ姉さんの声には力がなく、ほとんど聞き取れない。

ただごとではないのは確かだ。

「ドリアードを発芽させるには、精霊と強い繋がりを持っていた戦乙女の血を濃く継ぐ、あなたの魂が必要なのですよ」

「そういうことだ。ローレッタ、子供を産めない其方にもう用はない」

「しかし、このような形でも我々の役に立てるのだ。幸運に思うがよいぞ」

「お主の魂は滅びるのではない。大精霊ドリアードと一つになるのだ、幸せに思うがよい」

《脚本家《スクリプター》》の言葉に追従して氏族会の連中が好き勝手言っている中、《脚本家《スクリプター》》が虚空《こくう》からレイピアを取り出した。

この場で命を奪うつもりのようだ。

「私の脚本の中で死になさい」

「そうはさせるかっ！」

私は咄嗟に、腰に差していた普通の短剣を放った。

短剣が《脚本家《スクリプター》》に命中する瞬間、彼は一瞬で離れた場所に移動する。

まるでアクリの転移魔法のようだ。

「貴様はユーリシアっ!? いったいなぜここにいるっ!?」

「ローレッタ姉さん、これを飲むんだ」

私はクルトから持たされていた常備薬の錠剤を、ローレッタ姉さんの口の中に入れて水を流し込む。

ほとんどの水がこぼれていく中、ローレッタ姉さんが力を振り絞って、なんとか錠剤を呑み込むと、虚《うつ》ろだった瞳に光が戻った。

「これは凄いでありますね。あの強力な呪いが一瞬で消えたであります」

「ああ、おかゆよりは効果があるだろ」

「おかゆ……でありますか？」

「いや、こっちの話だよ。今はそれより――」

私はそう言って《脚本家《スクリプター》》を睨みつける。

「久しぶりだね、《脚本家《スクリプター》》」

「ええ、本当にお久しぶりです。私の計画を二度も邪魔したのはあなたが初めてですよ」

《脚本家《スクリプター》》の表情はよくわからないが、先ほどまでの余裕っぷりはない。

「ローレッタ姉さん、あの《脚本家《スクリプター》》は魔神王に仕える魔族らしい」

「なるほど……の魔族でありますか」

「……？」

今、小声でよく聞き取れなかったが、ローレッタ姉さん、「例の魔族」って言わなかったか？

私達がタイコーン辺境伯領の城の地下で戦ったことを知っていたのか？

それにしては、驚いた様子がないのが気になる。

「おい、どうなっているのだ、《脚本家《スクリプター》》殿。あなたの脚本は絶対だと仰っていたでしょう」

「そうだ、絶対に失敗しないというから我々はあなたの案に乗ったのだ」

「最後まで反対していたホーゼントも犠牲にしたのだ。いまさら後には引き返せぬぞ」

氏族会の連中が騒ぎ出す。

私は無性に腹が立ってきた。

私や私の両親は、こんな奴らのせいで散々苦労させられたのかと。

「ローレッタ、命を差し出せ！　これは命令だ！」

「それは断るでありますよ。手を組むのならもっと信用できる相手を選ぶべきであります。この男は信用できないでありますから」

「ローレッタ姉さん、それじゃ《脚本家《スクリプター》》が信用できるなら死んでもいいって言っているようなものじゃないか。ちょっとは考えて言いなよ」

「考えているでありますよ。私は自分の考えであなたの自由を奪う決断をしたでありますから、その代償というのなら、この命を差し出す覚悟はできているであります――ユーリシア」

ローレッタ姉さんは迷いのない左目でそう言った。

そうだった、ローレッタ姉さんは昔からこういう人だった。

他人に厳しく、そしてそれ以上に自分に厳しい。

あの時だって――

「ならばユーリシア！　お前がローレッタを殺せ！　そうすれば結婚相手を自由に選ばせる権利をやろう」

「望むのなら他国の貴族でも王族でも、我々が用意しよう。我々にはその力がもうすぐ手に入るのだから」

「さらに、ユーリシアの子、全てにおいて男《おのこ》であるのなら、我々氏族会に入ることを認めようではないか」

「なるほど、確かにそれは願ってもない申し出だ」

私は愛剣である雪華を抜いた。

「そこまで言われたら、もう氏族会なんて知ったことか。あんた達全部ぶっ潰してやるよ」

「いえいえユーリシア、潰すという表現は間違いであります。魔族と組んだ罪により、氏族会はイシセマ島主ローレッタの名において処罰するであります。なお、氏族会は私が一人で引き継ぐでありますから、安心してあの世で会議を続けてください」

ローレッタ姉さんもまた剣を構えた。

しかし、いくら一線を退いたとはいえ、氏族会の連中もイシセマの島主に列なる者達。その剣の腕前は、武道大会の決勝トーナメント参加者にも引けを取らない。

さらに魔族も一緒にいるとなると、二人がかりでも油断はできないだろう。

私がそう思った瞬間、氏族会達が動いた。

いや、動かなくなったという方が正しいだろう。

なぜなら、ルネンスを除く彼らの首が、全て地面に落ちたのだから。

「こ……これはどういうことだぁぁぁぁぁぁぁぁぁぁぁっ⁉」

首だけになった氏族会の一人が、半狂乱になって叫んだ。自分の首が落ちたのだから当然だ。

「やれやれ、私の意見を無視して話を進めてもらっては困りますね、氏族会の皆様――自分が既に死んでいることにも気付いていない操り人形風情が」

《脚本家《スクリプター》》の言葉に、ルネンスが青ざめる。

「死体人形――ま……まさか、儂《わし》も」

「いやいや、ルネンス殿。あなたは死んでいませんよ。あなたまで死んでいたら、私の脚本の観客がいなくなってしまうではありませんか。もっとも――脚本が変わって、今はあなたにも死んでもらう必要がありますけれどね」

次の瞬間《脚本家》《スクリプター》は、首のない氏族会の死体が持っていた剣で背後からルネンスを一突きにした。

そして、全ての死体が先ほどのホーゼントと同じような黒い霧となり、《脚本家》《スクリプター》の持っているドリアードの種へと吸い込まれていく。

「さて、これで準備は整いました。ローレッタ嬢の魂の代わりに、氏族会の皆様の魂を代用させていただきました。優れた《脚本家》《スクリプター》というのは、必要に応じて別の脚本も用意しておくものですからね」

彼はそう言うと、箱の中の種を足下の地面に落として言った。

「大精霊ドリアードと一つになるのです、幸せに思ってください」

種は地面に触れるや否や発芽し、一瞬にして真っ黒い若木へと成長した。

あれが……あんなのが大精霊ドリアードだって？

どこからどう見ても、あれは悪魔の木だ。

しかしなぜか、《脚本家》《スクリプター》も動揺しているように見える。

「どういうことだ？　私の計算よりもドリアードの成長が早い……大精霊ドリアードがこの島を呑み込むのが早くなるのは喜ばしいことですが、しかし私の脚本通りにいかないというのはどうも納得がいきませんね」

「納得ができないなら、そのまま幕を下ろしてドリアードと一緒に退場してくれないか？」

私は汗を流しながら、そんな軽口を叩く。

「そうはいきません、貴重な実験サンプルですから。心を持たぬ大精霊がいかに有用かという実験の、ね」

《脚本家《スクリプター》》がまるで勝利を確信したかのように笑った。

私は投げナイフで《脚本家《スクリプター》》を狙ったが、やはり命中する直前に姿を消した。

「では、私は高見の見物とさせていただきましょう。本来、脚本家は舞台には上がらないものですから」

こうして、部屋には私とローレッタ姉さん、そしてドリアードだけが残った。

黒い木の幹から伸びる枝を、ローレッタ姉さんは剣で斬り裂く。枝といっても普通の木の幹くらいの太さがあるのに、それをやすやすと斬り裂くのはさすがだ。

こちらの攻撃は効くようだ——と思った次の瞬間、ローレッタ姉さんが持っていた剣に黒い錆《さび》のようなものがまとわりつき、刀身が砂となって崩れていった。

信じられない光景だが、ローレッタ姉さんは落ちていた剣——先ほどまで氏族会が使っていた剣を手に取り、今度は迫りくる枝を斬らずに受け流した。

「なるほど——斬らなければ剣は無事でありますか……しかし斬れば——」

ローレッタ姉さんはさらに押し寄せてくる枝を転がるように躱《かわ》しながら、別の剣を拾って枝を斬った。

やはり、枝を斬った剣は砂と化す。

「いったい、どういうことなんだ――」

「ドリアードは木の精霊。木の精霊は地と水二つの精霊の力を兼ね備えているであります。おそらく、このドリアードは剣に宿る大地の力を吸収しているのでありますよ」

剣も元をただせば鉱石――大地の力ってことか。

とその時、ドリアードの枝がさらに私に襲いかかってきた。

私は雪華でその枝を斬り裂く。

「ユーリシア、剣で枝を斬ったら――」

「大丈夫さ」

私の雪華はドリアードの枝を切っても平気なようだ。

なにしろクルトが作った剣だ。大精霊の力くらい跳ね返すと信じていた。

しかし、ローレッタ姉さんが斬った枝も、私が斬った枝も楽々と再生してきやがる。

相手は大精霊とはいえ巨木なんだし、クルトがいたら斧で楽々退治してくれそうな気がするが、ないものねだりはできない。

「ローレッタ姉さん、一度ここから逃げよう」

ドリアードはさらに大きくなり、いまや部屋の半分を埋め尽くしていた。

「そうでありますな」

私は部屋の出口に向かった。
しかし、地面から黒い根っこが生えて、私に襲いかかってきた。
まさか、既に部屋の床の下を伝って伸びていたのか。
咄嗟のことに避けられそうもなく、私は死を悟った——その時だった。
ローレッタ姉さんが私の前に飛び出した。
根っこはそのまま、ローレッタ姉さんに巻き付く。
一瞬、子供の頃の記憶がフラッシュバックした。
まだ幼かった私を庇うように立っていたローレッタ姉さんの姿が。
「——っ！」
私は考えることを放棄し、根っこを斬り落としてローレッタ姉さんを救い出す。
ローレッタ姉さんは少しよろけながらも、前に向かって進む。
「ユーリシア、急ぐであります——地上に」
「地上——まさか」
私はローレッタ姉さんに言われて気付いた。
ドリアードの樹上が既に天井を突き破っていたことに。
こんな化け物が地上に出たら、会場は大変なことになるぞ。

第4話　二つの脚本

私、リーゼは思わずため息をついてしまいました。

まったく、ユーリさんはいったいどこでなにをしているのでしょうか？

クルト様が怪我をしたというのであれば、真っ先に駆け付けるものでしょうに。

それに、クルト様は既に医務室を後にしていたようで、山に枝を取りに行くという書き置きが残されていました。

クルト様の作る薬なら、どんな怪我でもすぐに治ることはわかっていますが……それでも心配なものは心配です。

「あんた、リーゼだろ？　なにをしているんだ？」

突然現れた獣人の男が、私にそう尋ねました。

「なにをしているって、クルト様の残り香を堪能《たんのう》しているに決まっているではありませんか」

「……決まってるんだ」

男の隣にいた獣人の少女が呆れた目で、医務室のベッドの布団に包まってゴロゴロと転がっている私に尋ねます。

この二人、確か――

「思い出しました！　クルト様の対戦相手でしたわね。クルト様を場外に叩き出したことは試合だから、本来であれば極刑のところを見逃すことにしますが――」

「……極刑なのに見逃すんだ」

「しかし、先ほどクルト様の悪口を言ったことについては万死に値します！」

「……一回見逃されたから、九千九百九十九回殺されるね」

おや、少女の方は話がわかるではありませんか。

「キリのいいところで一万回にしましょう」

「一緒じゃねぇかっ！　ってか、それどころじゃねぇんだ！　大変なんだよ」

「大変？　わかりました。聞きましょう」

男の方のなにやら尋常ならざる雰囲気に、私は布団に包まったまま立ち上がりました。

そして二人は、ついさっき見てきたことを語ってくれました。

ローレッタと氏族会とトルクワール。

そして、ピコの死と死霊術。

どうもイヤな予感がします。

狙いは貴賓室にいるＶＩＰ達である可能性が高いですね。

「……なるほど、事情はわかりました。あなた達、貴賓室の場所はわかりますか？」

私の問いに二人が頷いた。

「それなら、リーさん。あなたはこれを持って、貴賓室にいるホムーロス王国の者に渡してきてください」

私は話を聞きながら用意した書状を渡しました。

そこには、悪魔と氏族会に繋がりがあり、武道大会の会場が戦いになる可能性があることを記しています。

リーは訝《いぶか》し気にしながらも、その封筒を受け取りました。

「こんなんで信じてくれるのかよ」

「ええ、大丈夫です。貴賓室にいる者は全員貴族。貴族ならこの書状の意味がわかるはずです。なにしろ、この封蝋《ふうろう》の印は、ホムーロス王家の紋章ですからね」

『――っ⁉』

二人もその意味に気付いたようです。

ホムーロス王家の紋章を自由に使える人間は限られていますから、私の正体にも気付いたでしょう。

「頼みましたよ。リーさん。チーさんはこちらを司会進行の女性に渡して、まずは会場の観客達を外に逃がすのです。正直に言えば混乱するでしょうから、うまく客を外に誘導させてください。ただし、戦力は必要ですから、協力できそうな武道大会の選手は残しておいてください」

「……わかりました」

チーが頭を下げて言いました。

「それと、避難させたら、クルト様を探してください」

「ここに呼んでくればいいのか？　――ですか？」

「逆です。絶対に会場には近付かせないでください。いいですね」

相手が悪魔であるのなら、タイコーン辺境伯領での事件のように、クルト様の精神攻撃が有効なのは確かです。しかし、あの方に火中の栗《くり》を拾わせるようなこと、私にできるわけがありません。

今回はクルト様抜きで全てを終わらせてみせましょう。

「それで……あの、リーゼ様。そろそろ布団を被ったままというのはどうかと」

「……それもそうですわね」

私はそう言って、布団を戻しました。


私は指示を出したリーとチーを見送ると、クルト様と、ついでにユーリさんの幻影を胡蝶で作りました。

……あら？　ユーリさんってこんな顔だったでしょうか？

なんとなく、全体的にふわっとしているというか、どことなく違う気がしますね。

クルト様なら、身長をミリ単位で正確に再現することができますが、ユーリさん相手だとどうもうまくいきません。

「指は五本、目は二つ……あら、眉毛をつけるのを忘れておりましたわ」

ユーリさんの幻影に眉毛を追加します。これで少しは本物に近付いたでしょうか。

……やっぱり違う気がします。

仕方がないので、私は懐から新聞を取り出しました。

女装しているクルト様の似顔絵を永久保存版にするために十部程買いましたが、これには男装しているユーリさんの似顔絵も書かれています。

私はその似顔絵を参考に、ユーリさんの幻影を再現しました。

「よし、これで大丈夫ですわ。男装状態ですけど、まぁ問題ありませんわね」

「おいおい、男装かよ」

ユーリさんの幻影にツッコミを入れさせます。

声も完璧ですわ。

「幻影でもツッコミ役かよ」

「ただ、本物と違ってツッコミのクオリティーが低い気がしますが、まぁ、このくらいなら本人をよく知る人間にしか見分けがつかないですわね」

「僕もそう思います」

クルト様（の幻影）に肯定していただき、私は自分の考えが正しいと納得しました。

まぁ、全部一人芝居なのですが。

二人の幻影には、これから決勝戦の会場に行ってもらいます。

これから決勝戦が始まるというのに、決勝戦に進んでいるクルト様とユーリさんが不在ということが氏族会の連中に知られたら、二人が怪しまれる恐れがありますからね。

この幻影は、そのアリバイ作りというわけです。

そうしてクルト様とユーリさんの幻影をつれて会場に向かう途中、貴賓室に続く通路から、護衛を伴って会場の外に向かう貴族の姿が見えました。外を見れば、一般の観客も、続々と会場を後にしています。

どうやら、リーとチーの動きが思ったより早かったようですね。

聞き耳を立ててみると、会場の舞台に不備が見つかり、一回戦まで使われていた会場で決勝戦と三位決定戦が行われるという嘘の通知があったそうです。

なるほど、それなら場を混乱させることなく観客を移動させることができます。

考えたのはホムーロス王国の貴族でしょうか？　それとも司会の女性でしょうか？

さらに進むと、顔を知っている二人がいました。

クルト様が一回戦で戦ったチャンプとイオンです。

「よう——ん？　ユーリシア、なんでまだ男装をしているんだ？」

「私はそっちの方が似合ってると思うけどね……あれ？　でもなんか前と違わない？」

チャンプが首を傾げる横で、イオンがなにかに気付いたのかユーリさんの幻影に尋ねました。

「そうか？　決勝前だから緊張しているのだろうな」

「お前が緊張か。そういう可愛いところもあるんだな」

ユーリさんに答えさせると、チャンプが彼女の背中を叩こうとしたので、咄嗟に躱させます。

触れられたら偽者だとバレてしまうではありませんか。

「なんで避けるんだよ」

「相手は女の子なんだよ。いくら背中とはいえ触られたくないんだろうね」

「そうか……でも、なんか今、人間にはできないアクロバティックな動きで避けられた気がするが」

イオンが都合よく解釈してくれましたが、チャンプの言葉ももっともです。

一度屈《かが》んで躱そうと思いましたが、そのままでは頭が掠《かす》りそうだったので、屈んでから這いつくばって起き上がりながら飛んでバク転するという意味不明な動きになりました。

やっぱりユーリさんの幻影を動かすのは苦手ですわね。

「緊張するのはいいが、なんか不穏な動きがあったらしくてな。観客は別会場に移動したんだが、選手や衛兵だけが会場に残ってるんだ。バトルロイヤルでも始まるんじゃないかって感じがするから、お前達も一応警戒した方がいいぜ」

なるほど、その警戒を促しているのはチーでしょうね。

　さて、これで氏族会がどう動くか。

「ああ、警戒しておくよ。行くぞ、クルト」

「はい、ユーリさん。リーゼさんも行きましょう」

「ええ」

　私は頷き、チャンプ達とともに会場に向かいます。

　石の舞台の周囲には、決勝トーナメントに参加していた選手と衛兵が集まっています。チーもいました。

　決勝トーナメントの参加者のうち、パープルとメイド仮面、リー、トルクワールとピコ、そしてクルト様とユーリさん以外のメンバーが集まっているようですわね。

　と、その時です。

「どういうことだ！　説明しろ！」

　嫌な声が聞こえてきました。

「試合が別会場になったというのに、なぜここに選手が集まっているんだ！　説明しろ」

　そう言って審判の女性に詰め寄っていたのは、グラマク帝国トルスト侯爵《こうしゃく》の息子、フタマでした。

　どうやら、偶然にも会場に選手が残っていることに気付いてしまったようですね。

　といっても、普通の人間なら係員の指示に従い、会場の外に追い出されているのでしょうが……

侯爵家の力を使って居座っている感じですか。

まったく、厄介です。

「ですから、この後のエキシビジョンマッチに関する注意事項を説明するところでして――」

「それなら移動した後でもできるだろう。なにか企んでいるのではあるまいな」

ここは、ローレッタ様の命令だと嘘をついて黙らせましょうか？

そう思った時です。

舞台の中央部から、亀裂《きれつ》音のようなものが聞こえてきました。

「なんだ？」

フタマはその音のした方を見て、舞台に上がります。

「フタマ様、舞台には上がらないでください」

「うるさい、どうせここでは試合はもう行われないのだろう」

フタマはそう言って、罅の入った足元に視線を向けます。

「なんだ？」

フタマが罅の中央部を覗き込もうとしゃがんだ、その時でした。

黒い鞭のようなものが舞台の中から複数現れ、フタマに巻き付いたのです。

「な、なんだこれは！　助けろ！」

フタマが叫ぶと、彼の護衛が剣を抜き、彼を助けようと黒い鞭のようななにかを斬ります。

なんとか一本は斬れましたが、護衛が持っていた剣が砂となってしまいました。

そしてまた別の一本が、護衛の男に巻き付きました。

情けない声をあげるフタマとは対照的に、護衛は黙々と、持っていたもう一本の剣を振るいます。

しかしその甲斐虚《かいむな》しく、無数の黒い鞭のようなものに巻き付かれ、フタマと護衛の姿は見えなくなってしまいました。

「ひ、ひぃ」

それと同時に、舞台中央に大きな穴が開き、黒い大樹が生えてきました。

おそらく、先ほどまでフタマに巻き付いていたのは、この木の枝だったのでしょう。

その姿に、選手達がざわつきます。

「黒い木の魔物なんて見たことがないぞ」

「新種のトレントキングか？」

トレントキング……そんな生易しい相手ではなさそうです。

私は持っていた弓で矢を放ちました。

先ほどリーに放った訓練用の矢ではなく、実戦で使う鉄の矢です。

私が放った矢は黒い大樹に突き刺さりましたが、先ほどの護衛の剣のように、砂となって崩れ落ちてしまいます。

あまりにも唐突な出来事に、他の人間はフタマを助けようともせず、ただ舞台の外から黒い大樹を見上げる中、チャンプがこちらを向きました。

「ユーリシアの嬢ちゃん、あいつをこのままにしたらいけない気がする。一緒に戦ってくれ」

チャンプがユーリさん（の幻影）にそう誘いかけた、その時です。

「リーゼ！」

本物のユーリさんが駆け付けました。

「な、嬢ちゃんが二人？」

混乱するチャンプですが、私は説明するのが面倒なので幻影を消します。

「チャンプさん、ユーリさんが二人いることについての説明は後です。それよりユーリさん、これはいったいどういうことですか⁉」

「観客はリーゼが逃がしてくれたのか？」

ユーリさんも焦っているようで、こちらへの答えになっていません。

「ええ、そうですが、あれはいったい」

「魔族によって作られた人工大精霊ドリアードらしい」

ドリアードっ⁉

伝説の大精霊を人工的に作って、しかもそれに魔族が関わっている。

なんて厄介な話なのでしょうか。

「しかも、その魔族っていうのが《脚本家《スクリプター》》だ。氏族会の連中も全員殺された。ローレッタ姉さんは、貴賓席を確認しに行ってるよ」

「……もう厄介のオンパレードですわね」

「ああ……それでクルト、お前の出番だ。いいか、これは大きな黒い木だからお前の斧で――ん？

リーゼ、もしかしてこのクルトは」

「完璧に模しているのですが、やはりユーリさんの目は誤魔化せませんか。これは胡蝶で作った幻影です」

私はため息をつきました。

「それじゃあ、本物のクルトは？」

「それが、医務室に書き置きがありまして、枝を拾いに山に行っているそうです」

「なんでこんな時に――」

ユーリシアさんの言いたいこともわかりますが、今はこの状況をなんとかするのが先です。

「リーさんにクルト様をこの会場に近付かせないように命令したので、ここに現れることはありません。すみません、こんなことになるとは思ってもおらず――」

「いや、お前が悪いんじゃない。相手が大樹だと知らなければ私も同じことをしていた。リーゼ、お前はクルトを探してきてくれ。ここは私がなんとか食い止める。ドリアードに対して有効的なのは、今のところこの雪華だけだからな」

「……わかりました。ユーリさん、無茶だけはしないでくださいね」

「わかってるさ。クルトと三人、ヴァルハに戻ろう」

私はクルト様の幻影とともに、会場の外へと向かいました。

◇　◆　◇　◆　◇

「ありがとう、手伝ってくれて」

僕、クルトはそう言って、木の枝を受け取った。

チッチさんの頼みとは、まだまだ町の薪が足りないようだから、薪になりそうな木の枝を大量に採ってきてほしいというものだった。

僕なんかに頼らなくても、町の人でも大量に集められそうなものなんだけど、きっとみんな忙しいんだろう。

チッチさんも、僕をこの山に案内した後、どこかに行っちゃったし。

でもこうして、助けがあるからそこまで大変ではない。

木の枝を集めてくれたのは、昨日も手伝ってくれた、頭に草の玉を載せたトレントだ。

最初は草笛で指示を出して動いてもらっていたんだけど、今ではある程度のことは草笛に頼らず、普通の言葉で動いてくれるようになっている。

僕がいた村ではここまで意思疎通できるトレントはいなかった。せいぜい草笛に合わせてトレント同士で社交ダンスを踊らせるくらいだ。

きっと、このあたりのトレントはハスト村の近くに生えているトレントとは違う種類なんだと思う。

手伝ってもらう代わりに、植物用の成長剤を与えている。

ハスト村に伝わるこの植物用成長剤は、夜中に朝顔の種に一滴垂らせば朝には花が咲き、夕方にはたくさんの種を残して枯れてしまうくらい、植物の成長を早める薬だ。普通の植物に与えたら少し危険だけど、樹齢数百年、最長で数千年も生き続けるトレントにとってはちょっとした栄養剤代わりみたいだ。

それに、トレントは成長するたび、自分の枝の中で不要な部分を自ら斬り落とす習性がある。そのおかげで、さらに枝も集まり一石二鳥というわけだ。

もう三トンくらい集まったと思うんだけど、もうちょっと必要かな？

「うーん、でもこれ以上集めたら、僕一人で運べないな」

そう呟くと、トレントが木の枝でちょんちょんと僕を叩いた。

「もしかして、枝を運ぶの、手伝ってくれるの？」

僕が尋ねると、トレントは頷くように幹を揺らした。

そのたびに葉っぱや虫が落ちてくるのがちょっとだけ面白い。虫が嫌いな人は怖いだろうけれど。

「ありがとう。それじゃあお願いしようかな……って、あれ？」

ここは山の中腹だけど、会場の方に黒い木が生えているのが見えた。

あんな木、今朝まで――ううん、さっきまでなかったような気がする。

「イヤな予感がするな……あの木はとても危険だ。邪気のようなものを感じる」

僕は黒い木を見て、思わずそう呟く。

思い出すのはオークロードだ。

オークロードの体内には、なぜか邪気を集めて魔物を進化させる宝玉が埋め込まれていた。

これまでの事件を考え、最悪の未来を想像する。

「――危ないっ！　トレントさん、今ある枝だけでも運ぶのを手伝ってください」

僕はそう言うと、トレントに枝を半分持ってもらい、残りの半分を荷車に載せる。

山道なので使いにくいけれど、多分大丈夫だと思う。

それより、僕の推測が正しければ、この島は最悪のピンチに陥る。

「いくら薪不足だからって、あんな邪気に塗れたものを薪として使ったら大変だ！　急いで注意喚起《ちゅういかんき》しないと。邪気を含んだ木材を薪として使う時は、調理には使わないこと。使用する時は換気が必須だけど、洗濯物に煙が当たったら黒く染まっちゃうから、風の流れを考えること。あと、消火した後も残った煤《すす》や灰には直接触れず、光属性の成分を含んだ水で洗い流すこと……あぁ、やっぱり邪気を含んだ木材を薪として使わないように頼んだ方が早いのかな……」

考えがうまくまとまらず、そんなことを口に出しつつ町へと進んだ。

それにしても、そんなに薪が足りないなんて。僕が今集めた枝だけで解決してくれたらいいんだけど。

　そう考えながら走っていた僕を、一人の女性が呼び止めた。

「ちょっと待った、士爵様」

　急にいなくなったチッチさんだ。僕が進む道を塞ぐように、彼女は立っていた。

「チッチさん、どいてください。急いで町に向かわないと大変なことになるんです」

「わかってるよ。でも、まだ士爵様に行ってもらうわけにはいかないんだよね」

「どういうことですか？　――まさか、あの黒い大木はチッチさんがっ⁉」

　僕がそう言うと、チッチさんはにやりと笑みを浮かべる。

「半分正解。正確には私は協力者の一人。どういうことかわかるかい？」

「ええ、ようやくわかりました。なるほど、それであの邪気を含んだ木材ってことですか。もしかしたらオークロードの事件も……そう考えると全て納得できます」

　僕は頷く。

「そうかい、気付いたか」

「もちろんです。あなたが町の薪不足に嘆いているとってもいい人だってことが」

「そこまでわかったのなら、私がここを通さない理由も……ん？　いやいや、ちょっと待って。士爵様。あの……なんでそうなったの？」

「オークロードに使った邪気を集めて成長させる宝玉を使って、トレントを強制的に進化させたんですよね？」

「それは合ってるよ。オークロードの実験は氏族会が中心で、私は見ているだけだったけどね。あ・い・つがとある商人に研究させていた召喚石っていう魔道具が元なんだけど……士爵様も召喚石の恐ろしさは見たことがあるだろ？」

召喚石……あぁ、リクルトの学校で使ってる人がいた、あの変身薬みたいなやつのことかな？

「召喚石ですか？　あれって、子供向けの変身薬ですよね？」

「いや、その変身薬が……説明が面倒だな。あとで王女様と女准男爵様から説明してもらうか……話を続けるけど、とにかく、あんな化け物を生み出したのは私なんだよ。なのに、なんで私がいい人になるのさ」

「だから、黒い大木を使って町の薪不足を解消しようとしたんじゃないんですか？」

僕の言葉に、チッチさんはため息をついた。

「……どう勘違いしたらそうなるんだよ。普通、ここまで聞いたら私が極悪人で、あのトレントを使って町を滅ぼそうとしているとか思うだろ。なんでそんな脳内お花畑みたいな結論に辿り着くんだ」

「え？　だって、チッチさんが悪い人なわけないじゃないですか。いい人ですし」

「そんなの、士爵様の前だから取り繕って……はいなかったけど、悪人に思われないようにしていた……こともないけど、判断できるものじゃないだろ？」

「はい。チッチさんと一緒にいたのはまだ一週間程度ですから、確かにチッチさんの行動だけではあなたが善人か悪人かはわかりません。でも、チッチさんを信用できる根拠はあります」

「それはなに？」

「だって、チッチさんは――」

僕がチッチさんを信用できる根拠を示すと、彼女は目を丸くし、今度は頭を抱えて笑った。

目に涙が浮かぶほどに笑っている。

そんなに変なことを言ったかな？

「いやいや、参ったよ、士爵様。なんで気付いたんだい？」

「え？　そうですね……チッチさんって言葉遣いが丁寧だったりフランクだったりしますけれど、でも時々僅かにアクセントが違うんですよ。その微妙なアクセントから……ですかね？　それに、チッチさん、僕のことを実は最初から知っている感じがしたので。そこからほとんど確信していました」

「士爵様、正解。いやぁ、参ったよ、本当に参った。あいつが言うなら、脚本が台無しってところだよ、本当にまったく」

「脚本？」

なにか劇でもやるんだろうか？

「こっちのこと。じゃあ士爵様、私のことを信用するのなら、ここで待っていて。もうすぐリーゼ

さんがここに来るから、それまでは」

「リーゼさんがここに来るんですか？」

僕を探しに来るということだろうか？

「ああ、今すぐ士爵様に動かれたら私の脚本がちょっと台無しになるからね」

「チッチさんの脚本？」

「そう――正確には私達の脚本がね」

チッチさんはそう言って笑みを浮かべると、僕にもう一度、この場で待っているようにと言い残してどこかに去っていった。

いったい、チッチさんはなにをしようとしているんだろう？

◇◆◇◆◇

リーゼを見送った後、私、ユーリシアが残った武道大会の会場は大変なことになっていた。

「武器をありったけもってこい！　予選で使っていた武器があるだろ！　急げ！」

「火だ、火で燃やせ！」

「ダメだ……こんなのかないっこねぇ」

会場に残っていた戦える人間のうち、七割は既に逃げた。

残っている者の数は二十にも満たない。

しかし、逃げた者を蔑《さげす》むことはできない。いや、むしろ逃げて当然だろう。

目の前にあるのは完全な恐怖なのだから。

フタマとかいう貴族だけではない、既に七人の人間がドリアードの黒い木の枝や根に捕まり、中に引きずり込まれていった。彼らがどうなったのかは、誰もわからないが、誰もが予想できた。

伸びる枝を斬り落とせば剣が砂と化し、その斬り落とした枝もすぐさま再生される。

木は今も成長を続け、最初に会場に現れた時の倍以上の大きさになっていた。会場の外からも見えるのは間違いないだろうから、町はパニックに陥っているだろう。

「ユーリシア、大丈夫か？」

そう尋ねてきたのは、本来であれば決勝戦で私が戦う相手だったグルルドだ。

彼が持っていた剣は、既に木の枝を斬った時に砂と化し、今は大盾で向かってくる木の枝を弾き返しながら、ガントレットで木の枝を殴りつけている。

近くで見ていてわかるが、決勝戦まで残っているだけあって腕前は大したもので、チャンプと比べても遜色《そんしょく》のない相手だ。

「ああ、大丈夫だよ」

「そうか。あまり無理はするなよ」

「ええ、怪我をする分には歓迎ですが、死なないでくださいね。さすがに二試合連続不戦勝で優勝となれば、何を言われるかわかりません――炎の槍《フレアジャベリン》！」

グルルドの隣に下がってきたカリナがそう言って、魔法で火の槍《やり》を放つ。

かなりの威力だ。

だが、火の槍はドリアードに命中してすぐに消えてしまった。

他にも、油を撒《ま》いて火をつけようとしている奴もいたが、油が燃えただけでドリアード本体にまで火が届くことはなかった。

枝だけではなく、葉っぱすらも燃えないというのだから困る。

「やはり効きませんか」

「いや、効いていないわけではない。少し樹皮が焦げたように見えた。だが、焦げた部分が剥がれ落ち、すぐに再生している。なんなんだ、あれは――」

困惑の表情を浮かべるカリナとグルルドに、情報を開示する。

「氏族会の連中が人工的に作ろうとした木の大精霊ドリアードに、魔族が手を加えた結果生まれた怪物ってところかね」

私がそう言うと、グルルドはどこか腑《ふ》に落ちたような顔をした。

「それなら氏族会の連中なら対処法がわかるのではないか？　俺は専門外だが、本来人間の手に負えない怪物を生み出すなら、暴走した時のことを考えて弱点を設置しておくだろう」

「偽金を作る時に、自分達だけ見分けができる場所を作るみたいなことね」

「その通りだ」

グルルドは冷静に判断したが、私は首を横に振る。

「氏族会の連中は全員魔族に殺された。魔族はどこかで高みの見物をしているだろうが、居場所がわからない」

「ちっ」

グルルドが舌打ちをしたその時、木の枝がカリナ目掛けて襲ってきた。

完全な不意打ちで、私達三人の誰も反応できなかったが、駆け寄ってきたチーが巨大な爪で木の枝を斬り裂いた。

「チー、助かったよ。ところで、その爪は大丈夫なのかい？」

他の武器で枝を斬ったらすぐに砂と化して使い物にならなくなるのに、チーの爪は変化がないようだ。

「……これはドラゴンの骨を加工して作った武器。どうやら骨を使った武器は大丈夫みたい」

骨で作った武器なら大丈夫——そう言われてほくそ笑んだのは傍《そば》にいたチャンプだった。

「なるほどな。骨で大丈夫なら、素手で根や枝をねじり斬っても大丈夫というわけだ」

チャンプはそう言うと、迫ってきた木の枝を素手で受け止め、ねじるように引きちぎった。

凄い怪力だ。

素手での戦いだったら、私は確実に負けていただろう。

「カリナの嬢ちゃんは火の魔法を一点集中ではなく、広範囲に使うんだ」

「一点集中の炎の槍《フレアジャベリン》でも効果がないのに、広範囲の火で効果があるわけないでしょ！」

カリナは咄嗟に反論するが、グルルドは納得したような表情になる。

「そうか――！　カリナ、チャンプの言っている通りにやるんだ」

「……グルルドがそう言うのなら。炎の渦《フレアストーム》」

カリナは納得できないような顔をしながらも、炎の渦を生み出す。

巨大な炎の渦の動きは遅く、仮に武道大会で使われても簡単に避けられる程度だ。それもあって、舞台の上で戦う者も炎の渦に気付いてすぐに避けた。

そして、炎の渦はドリアードに命中して消滅した。

「やっぱり全然効いていない」

「いや、上出来だぜ、嬢ちゃん」

チャンプがため息をつくカリナを褒める。私もチャンプの意図がわかった。

僅かにだが、ドリアードの動きが鈍くなったのだ。

樹皮全体が焦げ、剥がれて再生する。

しかし、その再生速度は先ほどの炎の槍《フレアジャベリン》を喰らった時より遅い。

樹皮全体を再生させるのに、時間とエネルギーの両方を必要としたのだろう。

「嬢ちゃん、今の魔法を連発できるか」

「そんな魔力があるわけないでしょ……正直もう無理。さっきまで炎の槍《フレアジャベリン》をずっと撃っていたんだから……」

カリナはへなへなと、その場に座り込む。

仕方がないので、私は持っていた常備薬をカリナに渡した。

最後の一錠だ。

「これを飲むんだ」

「それは？」

「魔力を回復させる薬だよ。副作用として、病気とか怪我とか体力とかその他いろいろが全部回復しちゃうけどね」

「なに、その万能薬……水とかある？」

「そのままでも飲み込みやすいよ。口に含ませたら少し溶けるから。それに僅かにレモンの味がするし後味もスッキリだね」

「それは至れり尽くせりね」

カリナは苦笑し、薬を飲んだ。

きっと私の説明に半信半疑だったのであろう、薬を飲んで私を見る彼女は、何度も瞬きをして驚いていた。

「貴族っていつもこんな凄い薬を使ってるの!?　凄い、魔力がどんどん溢れてくる感じがする

「わ――炎の渦《フレアストーム》！」

カリナによって生み出された炎の竜巻は、先ほどよりも威力も熱量もすさまじい。

クルトの薬の効果なのは間違いないだろうな……舞台の石が溶けている気までするし。

しかし、ドリアードに命中するも、やはり葉すらも燃えず、焦げた樹皮が削げ落ちるだけとなった。

「なんで葉っぱが燃えないの⁉」

威力が威力だけに、自信があったカリナが文句を言うと、それを宥めるような声が聞こえてきた。

「ドリアードの葉の部分は強い水の力を持っているでありますから、火にも強い耐性があるのでありますよ」

「ローレッタ姉さん、貴賓席の方は大丈夫なの？」

「ええ、どこかの気が利《き》く人が、事件が起きる前にＶＩＰ達を逃がしてくれたようであります」

間違いなく、リーゼの仕業だろう。王族としての力を使った可能性がある。

「ローレッタ様、ドリアードについて詳しいようですが、なにか対処法はあるのですか？」

そのカリナの言葉には、どこか怒気が含まれていた。

氏族会が全員死んだことを除いても、この会場の責任者はローレッタ姉さんだ。

彼女を責めるカリナの気持ちはわからなくもない。

「もちろん、対処法は考えているであります。ドリアードの内部に入り、内側から破壊するでありますよ」

「そんなことができるのか？」

グルルドが尋ねると、ローレッタ姉さんが頷く。

「戦巫女の血を引く私なら可能であります。戦巫女は精霊をその身に宿し戦う――その力を使えば、精霊の中に入っても取り込まれることなく内側の奥まで入り込むことができるはずであります」

「しかし、相手は大精霊だ。いくらローレッタ姉さんでもそんな無茶は――」

「大丈夫でありますよ。今回も私に任せるであります、ユーリちゃん」

ローレッタ姉さんは昔のような優しい笑みを浮かべると、ドリアードに向かっていく。

そしてドリアードから伸びてきた木の根っこが彼女にまとわりつき、彼女の姿が見えなくなった。

ダメだ……ダメだ、ダメだ、ダメだ！

私は駆け出した。

遅かったかもしれない。手後れかもしれない。

でも、あの時のように何もしないままじゃダメだ！

心の叫びが私を突き動かす。

「嬢ちゃん、どこに行くんだ！」

「私も戦巫女の血を引いてる！　ローレッタ姉さん一人に任せることはできない！」

私はチャンプにそう叫ぶと、ドリアードに向かっていき、そして大量に向かってきた木の根の波に呑み込まれた。

——森の中を、一人の少女が歩いていた。

白髪の幼い少女だ。

それが昔の私だと気付くのに、僅かな時間を要した。

なにしろ当時の私は五歳。十年以上前の姿を見て自分だと認識することは難しかった。

そんな私を尾行している一つの影があった。

あれは……ローレッタ姉さんだ。眼帯はしていないし、現在の私よりも少し若い。今でも実年齢より遥かに幼く見られるローレッタ姉さんだが、この頃の彼女は本当に子供にしか見えない。

そんなローレッタ姉さんが私を尾行していた。

思い出してきた。

この森はイシセマ島の森だ。そして、私は確か……そうだ、祖母のため、薬に使えそうな素材を探しに森の中に入っていったんだ。

鞄の中には、珍しそうな草花が無造作に詰め込まれているが、それらの大半は価値のない雑草だ。

その場所を教えてくれたのがローレッタ姉さんだったんだけど……尾行されているなんて気付きもしなかったな。

きっと私のことが心配になって、でも私の自尊心を傷つけないように、こっそり見守ってくれていたんだろう。

そうだった、ローレッタ姉さんはあの頃、私にとても優しかった。

白い髪だと周りの子供達からバカにされることもあったが、同じ髪の色のローレッタ姉さんが私の味方だった。

……そうだ、思い出した。私が髪を伸ばそうと思ったのも、この時からだったっけ。嫌いだった白い髪を、大好きなローレッタ姉さんの髪に近付けようとしたのだ。

その次の瞬間、場面が移り変わる。

ここは森の近くの泉だ。

この泉に槍を投げ込むと、女神様が現れて、『あなたが落としたのは金の槍ですか？　それとも銀の槍ですか？』と尋ねてくる。そこで『私が落としたのは普通の槍です』と言うと金の槍と銀の槍、両方が貰える——なんて話を友達から聞き、私は倉庫の奥にあった錆びた槍を持って泉に来たのだ。

幼い私が錆びた槍を泉の中に投げ込もうとしている。

「ダメだ、投げたら！」

そう叫んだが、幼い私に現在の私の言葉は届かない。

錆びた槍を投げ込んだ直後、泉から現れたのは女神様ではなく、紫色をした巨大な蛙《かえる》だった。

私が投げた槍が頭に当たり、怒って出てきたのだ。

恐怖で動けない幼い私に、毒蛙の長い舌が襲いかかった。

そんな私を庇うように現れたのは、ローレッタ姉さんだった。

ローレッタ姉さんは毒蛙の舌を顔で受け止めながらも剣を抜き、毒蛙を追い払った。

そして私は彼女を見て、安心し、気絶してしまった。

なんで……なんで私はこのことを忘れていたんだ。

ローレッタ姉さんが眼帯をしているのは、子供を産めなくなったのは——

「私のせい……私のせいでローレッタ姉さんは」

「違うでありますよ、ユーリシア。あなたのせいではないであります」

「ローレッタ姉さんっ⁉」

現在の姿のローレッタ姉さんが、いつの間にか私の横に立っていて、歩き始めていた。

私は慌てて、その背中を追う。

「え？　このローレッタ姉さんも私の夢？」

「夢であり、夢でないのであります。ここはドリアードの中。私とユーリシアは、現在、ドリアードと精神的に繋がっているのであります」

精神的に繋がっている？

そうだ、私はドリアードに取り込まれたんだった。

「でも、なんであんな夢を見たんだ？」

「私とユーリシアが取り込まれたことで、双方の強い印象に残っている出来事をドリアードが共有したのでありますよ」

「なんでそんなことになってるんだ？　そもそも、なんでローレッタ姉さんはそのことを知っているんだ？」

「私は氏族会がしていることを、ある程度把握していたでありますよ。あの男が魔族であることもわかっていたであります」

「なんだってっ⁉　それならなんで止めなかったんだ」

もっと早く気付いていたのなら、こんな化け物を生み出させることもなかった。

「氏族会には一つ、間違っていなかったことがあるのであります。我々には力が必要であり、時間があまりなかったということであります」

「時間がないって、いったいなにがあるんだよ」

「予言……であります よ。あと数年以内に、災厄の魔物が復活すると言われているであります」

災厄の魔物だって？

「それって本当なのか？　私は聞いたことがないけど」

「おや？　幼い頃に、ユーリシアにも話したことがあるのでありますが――」

忘れているのでありますか？　とローレッタ姉さんは呆れ顔だ。

いやいや、幼い頃って、追い出される前のことだから、五歳の私だろ？

ローレッタ姉さんに命を救われたことすら忘れていたのに。

「つまり、災厄と戦うためにドリアードが必要だったってわけだろう？　だからって、魔族が一緒にいることを知っているのならやっぱり止めるべきだろ。魔族なんて、碌《ろく》な奴じゃないぞ？」

「ヒルデガルドを知っているあなたが言うでありますか？」

「――っ!?」

思わぬ言葉に私は耳を疑った。

ヒルデガルド――クルトと幼馴染で、クルトの薬によって不老になった魔族だ。

確かに、クルトというフィルターを通して見る彼女は悪人とは言い難いが……彼女のことまで調べられていたとは思わなかった。

「でも、氏族会の連中と一緒にいた《脚本家《スクリプター》》は悪人、いや、悪い魔族だぞ」

「もちろん、知っているでありますよ、それこそユーリシアよりも。それでも、まさか計画が始まる前から氏族会の大半が殺される事態になるとは思わなかったでありますが。それは反省すべき点でありますね……氏族会の連中がそこまで簡単に殺されるような愚者《ぐしゃ》だとは思わなかったでありますよ」

ローレッタ姉さんは歩きながらため息をついた。

「そっか……ところで、私達はいったいどこを歩いているんだ？」

今は私達がいた場所とは別の武道大会の会場のようだ。

僅かに成長したローレッタ姉さんが、剣で試合をしている。

「これは私達の記憶——いや、思い出と言った方が正しいでありますね。たとえば、これは私が初めて剣術大会で優勝した時の思い出であります。この時の高揚感《こうようかん》は忘れられないでありますね」

高揚感？

優勝しているローレッタ姉さんはすまし顔をしていて、感情が動いているようには見えない。

そういえば、この人は昔から感情を表に出すのが苦手だったな。

そして、気付けば私はホムーロス王国の王城にいた。

玉座にいるのが国王陛下——奥にはリーゼもいる。

私が王家直属冒険者の位を授かった時の思い出だ。

この時は、まさか将来、彼女と友達のような関係になるだなんて思ってもいなかった。

「ユーリシアはガチガチに緊張しているでありますね」

「……仕方ないだろ。王族だなんて、私には一生関わるものじゃないって思ってたんだから」

なるほど、確かにさっきから私の気持ちが大きく動いた時のことばかりだ。

でも、待てよ？　それなら私がこの後動く気持ちと言ったら——

「ローレッタ姉さん、待って、これから先はっ！」

次の瞬間、私の思い出の風景が切り替わる。

遅かった。

さらに時は進み、クルトが水晶から魔法晶石を作っていた。ログハウスを一晩で完成させていた。ミスリルを大量に掘り当てていた。リーゼと出会い、クルトがおかゆで彼女の呪いを治したと聞かされた。

クルトのとんでもない行動は、驚きとなって私の中に残っていたのだ。

いや、驚きだけじゃない……きっとこの時から私の心には別の感情が宿ったのだろう。

そう実感していると、ローレッタ姉さんが驚くべきことを口にした。

「安心するであります、クルト・ロックハンス士爵の特異性については最初から知っているでありますから」

「最初から？」

「当然であります。工房主《アトリエマイスター》リクトがリーゼロッテ第三王女が作り出した幻影であること、本物の工房主《アトリエマイスター》がクルト・ロックハンス士爵であること、一晩で町を作り上げたこと、学校の教師として生徒と厚い信頼を築き上げたこと、そして、ハスト村のことも」

いったい、どこまで調べ上げていたんだ？　全てが見透かされているようで嫌な気分だ。

……それにしても。

「……なんか、さっきからローレッタ姉さんの思い出が少ない気がするんだが」

「当然であります。慌てたり心を乱したりすれば、それだけ心から感情が溢れ出るであります。明《めい》鏡《きょう》止《し》水《すい》の心を持っていれば思い出が溢れることはないでありますよ」

「それを先に言ってくれよ」

私はそう言うと、心を落ち着かせた。

これでも武人としての修業は一通り済んでいる。心を落ち着かせることくらい難しくない。

アクリと出会い、母性愛に溢れた私の思い出が浮かび上がったが、それが薄くなっていく。

次の瞬間、思い出が切り替わり、泡だらけのクルトが現れた。

「ぶはっ」

「ユーリシア、エッチでありますね」

「不可抗力だ」

「それにしては、思い出のユーリシアは楽しそうでありますよ」

そう言われたら否定できない。

あぁ、確かにクルトと出会ってからの短い時間、退屈することはなかった。

大切なものもできた。

守りたいものもできた。

両親が死んで祖母が死んで、独りぼっちになった時からは考えられない。

「これなら、もう私が守る必要もないでありますね」

「え？」

ローレッタ姉さんの呟きに聞き返した時、風景が消えて私達は見知らぬ空間にいた。

「ここは?」

「ドリアードの心の中であります」

「それにしては寂しい場所だな」

「虚無《きょむ》でありますよ。ドリアードを作る時、魔族はあえて心を作らなかった。そして、その代わりにこれを置いた……」

ローレッタ姉さんが示す先にあったのは、黒い玉だった。

「それは?」

「闇の宝玉であります。周囲から邪気を集め、魔物を進化させる玉でありますよ」

「それで、トレントをドリアードに進化させたのか……でも、邪気のせいで予定にない暴走をした?」

「そうであります。まずはこの邪気を集める力を封印するであります」

そう言ってローレッタ姉さんが取り出したのは、同じ黒い玉だった。

ただ、ここに元からあった玉と違い、なにかが刻まれている。

「凄い魔術式……」

魔術式についての知識がほとんどない私でも、これが凄いものだということはわかる。

タイコーン辺境伯の城にあった悪魔召喚の魔法陣も凄かったが、この魔術式はさらにその上を行く。

「ローレッタ姉さん、これは？」

「私も半分も理解できなかったでありますが、これは闇の宝玉の力を完全に止める魔術式でありま
す。これを書き写せば、封印できるのであります……ちなみに、書いたのはクルト・ロックハンス
士爵でありますよ。なにやら、オークロードの体内にあったものだとか」

「クルトがっ!?　いや、でもこの魔術式を見ると、むしろ納得できる……か」

ローレッタ姉さんはそう言うと、黒い玉にナイフで魔術式を刻み移していく。

「砕いたらダメなのか？」

「それはダメでありますよ。せっかく集めた邪気が元の場所に戻ってしまうであります」

「元の場所って？」

「この地に封印された災厄——その分体の元へ」

その災厄ってのが、この地に封印されていたっていうのか？

災厄が邪気を生み出して蘇《よみがえ》ろうとしていたところを、ローレッタ姉さんはあえて魔族を利用し、
邪気を吸い出したのか。

しかも、クルトを利用して封印方法を確立させた。

いったいどこまで計算しているのかはわからないが、クルトを利用したことに私は苛立ちを覚
えた。

「クルト・ロックハンス士爵に害が及ばぬよう、護衛をつけていたでありますから、そんな怖い顔

をしないでほしいでありますな。もっとも、この玉の力が強すぎて、ファントムの一人は大怪我を負ったようでありますが、そこもクルト・ロックハンス士爵が解決したようであります」

いったい、クルトは私と離れている間になにをしていたんだ？

いや、リーゼから話は聞いたけど、そう思わずにはいられない。

あとでもう一度、クルト——から直接聞いても、どうせあいつは勘違いしていることしか言わないだろうから、リーゼから詳しく聞いておこう。

「ローレッタ姉さん、私も手伝うよ」

「それでは、裏側を頼むであります。ここからここまで」

「わかった」

私は短剣で刻んでクルトの文字を模写する。

クルトの字はとても読みやすいので模写は楽だ。

「一文字一文字、間違いのないように頼むでありますよ。一つが失敗しても大丈夫なように二重の封印になっているそうでありますが、別の効果が発動したら困るでありますからね」

「……わかってるよ」

魔術式は一文字でも間違えたら大変なことになる。

発動しないだけならまだいいのだが、これだけ複雑な魔術式だと全く異なる効果が生み出される可能性もある。

「これだけ高度な魔術式を書けて、魔力だって超人並みにあるのに、なんでクルトは魔法を使えないんだろうな」

ミミコが言うには魔法適性が皆無ということらしいが、通常、魔法適性と魔力の多さは比例するはずなのに。

「私にもわからないでありますが、この封印式と同じかもしれないであります」

「封印式と？」

「過ぎたる力を世に出さないために封印されているという意味であります」

力が封印されている？

それは予想していなかった。

いや、考えたことがなかったわけではないが、しかし人を殺す呪いでさえ簡単に治療するクルトだ。

そんな封印があったとしても自力で解除しているのではないかと思ったのだ。

だが、私の中にさっき耳にしたばかりの言葉が浮かぶ。

二重の封印。

自分の力が封印されていることに気付かないような、そんな封印がされていたら？

封印されていることを知らなければ、解く解かない以前の問題だ。

自分になんの才能もないと思い込み、自分の力が超人的なものだと自覚すると意識と記憶を失う――それこそ、封印に気付かせないためのもう一つの封印ではないか？

「ユーリシア、今はこっちに集中するであります」

「あ……あぁ、わかった」

考えたところで答えが出るわけじゃない。

私は目の前の作業に集中し、短剣で文字を刻んでいった。


そして、しばらく作業を続け、もう間もなく終わろうかという時だ。

「……アクリ？」

今、一瞬なにかの気配を感じ、私は娘の名前を呟いてしまった。

なぜだ？　アクリがこんなところにいるわけがないのに。

「やはり来たでありますね」

「来たってなにが来たんだ？」

「ドリアードの核でありますよ。ユーリシア、急ぐであります」

ローレッタ姉さんは喋りながら、短剣で文字を刻んでいく。

だが、それを邪魔するものが虚空から現れた。

「……子供？」

現れたのは、三歳くらいの緑色の髪の女の子だった。

だが、見た目の通りの女の子でないのは雰囲気から伝わる。

先ほどまで私が見ていた幻影ではない、あきらかに実体を持っている。

そしてその少女の背後から、無数の木の枝が現れた。

先ほど私が戦った黒い木の枝と違い、自然な木の枝だ。

「あれはドリアードの核――本来なら心になるはずだったものであります。私達を取り込み、心を求め、その心を映し出していた張本人でもありますよ」

「あれがっ!? でも、いったいなにをしに来たんだ？」

「私達の邪魔をしに来たでありますよ。心のない彼女は、他者を呑み込み心を求めようとする。そんなことはできるはずがないのに、それでもなお。他者を呑み込むにはこの闇の宝玉による力が必要――私達に封印されかけていることに気付き、排除に来たのでありましょう」

ローレッタ姉さんはそう言うと、短剣で文字を刻むのを止めた。

「時間……でありますね。ユーリシア、ここは私が抑えるでありますから、あなたは続きを刻むであります」

「待ってくれ、ローレッタ姉さん。あなたの方が刻むのが早い。ここは私が――」

私はそう言って雪華を抜いたが、ローレッタ姉さんに制される。

「無理であります。あなたのその剣の力は先ほど見ました。斬れ味は確かに凄いですが、あの木の枝は外の不完全な状態のドリアードの枝ではなく、完全なドリアードの力を宿しているであります。

魔法属性の火の属性、もしくは風の属性の力が必要ですが……ユーリシア、あなたはまだ火属性の攻撃は使えないでありますよね？」

「確かに火属性の攻撃は使えないな」

私は素直に雪華を鞘《さや》に収め、そしてスカートの下のナイフを二本投げた。

ナイフが命中した一本の枝が一瞬で燃え広がり崩れ、もう一本の枝は真っ二つに斬れた。

「すぐに再生するのは外と同じか」

「……ユーリシア、あなたは今、なにをっ⁉」

「なにって、クルト手作りの火属性のナイフと風属性のナイフを投げただけだよ」

私はそう言うと、さらに両手にナイフを構えた。

ローレッタ姉さんが珍しく動揺している。

「なるほど……クルト・ロックハンス士爵を巻き込むように言った彼女の考えは間違っていなかったというわけでありますか」

ローレッタ姉さんはそう呟いた。

彼女？　誰のことだ？

……また聞きたいことが増えたが、悠長に話している暇はなさそうだ。

木の枝がさらに増えてきた。

私はローレッタ姉さんに向かって言う。

「ここは私が持ちこたえる。あの時、あなたが私を守ってくれたように、今度は私があなたを守るよ」

「……任せたであります」

ローレッタ姉さんはそう言うと、残りの魔法式を刻んでいく。

大丈夫、戦うのは私一人じゃない。

私はナイフを構えて言った。

「力を貸してくれ、クルト」

この場にいなくても一緒に戦ってくれるパートナーの名前が、自分自身への最大の激励《げきれい》となった。

◇◆◇◆◇

「クルト様ぁぁぁっ！　クルト様っ！」

チッチさんに言われた通り、トレントと一緒に木の枝を集めて待っていると、本当にリーゼさんがやってきた。

ユライルさんとカカロアさんも一緒だ。

「リーゼさん、ここです！」

僕は手を振って、リーゼさんを出迎えた。

多分、チッチさんが僕のいる場所を教えてくれたんだろう。

「あぁ、こんなところにいたんですね、クルト様。急いで武道大会の会場に来てください。会場に来て、あの巨大な木の怪ぶ……大木を倒して……伐採、あぁ、こちらは倒してでもいいですわね。伐採して倒してください」

リーゼさんが焦って僕に言った。

「確かに、急いで伐採しないと決勝戦までに間に合いませんからね。それに、間違えて他の人が伐採して燃料に使っちゃったら大変ですし」

僕はトレントを見た。

「ねぇ、一緒に木の枝を運ぶの手伝ってくれないかな？」

僕が尋ねると、トレントは木の枝から一枚の葉っぱを千切って、僕に渡した。

あぁ、そういうことか。

「じゃあ、リーゼさん、カカロアさん、ユライルさん。このトレントの木の枝につかまってください。彼が運んでくれるそうです」

「トレントに……大丈夫ですの？」

「はい、大丈夫です。悪いトレントじゃないですから」

僕はそう言うと、トレントの枝につかまった。

リーゼさん、ユライルさん、カカロアさんもそれに倣《なら》う。

「トレントの枝に乗るというのは、妙な感覚ですね」

ユライルさんがおっかなびっくりといった感じで言う。

まるでオークやゴブリンの背中に乗っているかのような言い方だ。

トレントなんて、魔物と呼ばれているけれど本当に無害な木なのに。もしかして、予選のヒカリカビがトラウマになったのかな？

「じゃあ、演奏しますね」

僕はトレントに渡された葉っぱを口に当てた。

「演奏……あぁ、草笛でトレントを操るんですわね」

納得したようにリーゼさんが頷くが、僕は首を横に振る。

「いいえ、ただトレントが音楽を聴きたいだけみたいです」

「音楽を聴きたい？　まるで人間みたいなことを仰るのですね」

「そうですね。あ、でも僕の草笛をずっと聴いていたからかもしれません。ほら、音楽は心を育むって言うじゃないですか」

「それは情操教育の……いえ、そうですわね」

なぜかリーゼさんが呆れた……というより諦めたように言った。

もしかして、リーゼさんは音楽が得意じゃないのかな？

それで、アクリの教育のために音楽ができないことを残念に思っているとか？

そう考えていたら、トレントがちょんちょんと枝の先で僕の肩を叩いた。

「あ、うん、ごめんね」

僕は急かされ、草笛の演奏を始めた。

トレントはその音楽を聴きながら、僕達と採取した枝を持って、町へと向かっていく。

「リーゼ様、このまま町に行ったらパニックになるのでは？　胡蝶で姿を消して移動するのはどうでしょうか？」

「カカロアさん、混乱は今更でしょう。それより胡蝶で姿を消したら人々が道を開けてくれませんから、ぶつからないように移動するのが手間です。このまま行ってもらいましょう。私が拡声の魔道具を使いますから、衛兵に襲われることはないでしょう」

「かしこまりました」

リーゼさんとカカロアさんが話しているが、演奏に集中しているのでよく聞き取れない。

しばらくして、町に入った。

町に入ったところで、リーゼさんが拡声の魔道具を使って、人々に道を開けてもらう。

『皆さん、トレントが通ります！　道を開けてください！』

トレントが荷物を運ぶ光景を見るのが初めてなのか、町の人はとても驚いている様子だった。

それと同時に、黒い木についても不安に思っている様子だった。

「リーゼさん、ちょっとその魔道具を貸してください」

草笛の演奏を終えた僕は、リーゼさんから拡声の魔道具を借りることにした。

「クルト様、なにをなさいますの？」

「皆さんを安心させます」

僕はそう言って拡声の魔道具を受け取ると、それを使ってみんなに言った。

『皆さん、安心してください！　これから僕があの巨大な大木を倒してきます！』

僕がそう言うと、町の人は僕に気付いたようだ。

「なぁ、あれってクルトじゃないか？」

「ああ、例のクルミちゃんだ」

「あれ？　でもクルミちゃんってあまり強くないんじゃなかったっけ？」

「クルトきゅんが弱いはずないじゃない。武道大会の決勝戦まで勝ち残っているのよ」

「そうなのか。あの巨大な木を倒してくれるのかっ！」

僕の声を聞き、町の人達はなにやら顔を見合わせている。

「「「ク、ル、ト！　ク、ル、ト！」」」

「「「ク、ル、ミ！　ク、ル、ミ！」」」

そして、僕の名前を連呼して応援してくれた。

名前をどちらかに――クルトに統一してほしいな。

「これで町の人も安心してくれますね……あれ？　リーゼさん、どうしたんですか？　頭を抱えて」

「いえ……このあとの情報統制の苦労を少し考えていただけです。問題ありませんわ」

リーゼさんがなにやらぶつぶつと呟いている。

情報統制……あぁ、黒い木が生えたってことは邪気を含んだ土壌《どじょう》があるってことだから、確かに住民はこれからも不安に思うだろう。

リーゼさん、さすがヴァルハの太守だな。いろいろと考えてくれている。

僕はそのことに感動を覚えながらも、会場に向かった。


武道大会の会場の入り口は、さすがにトレントは入れない。

「君はここで待っていて。ユライルさん、一緒にいてあげてもらっていいですか？」

薪が不足している今、誰かが間違えてトレントを伐採してしまうかもしれない。

野生のトレントなので伐採することは違法ではないけれど、とても親切なトレントだし、なによりここまで連れてきたのは僕だから、他の人に伐採されるのは後味が悪いからね。

「私からも頼みます、ユライルさん」

「はい、かしこまりました。クルト様、リーゼ様」

ユライルさんが頭を下げて僕の頼みを聞いてくれた。

僕が廊下を走っていると、後ろから一人の男性が走ってきた。

「おい、お前、こんなところでなにをしているんだ！」

彼は僕に追いつくなりそう言った。

「あ、リーさん！　準決勝ではお世話になりました。ちょっと会場に用事があって。リーさんこそなにをしているんですか？」

「貴賓席の奴らを避難誘導してたんだよ……ったく、散々文句を言いやがって。一発ぶん殴ってやりたい……じゃなくて、お前みたいな弱い奴は危ないだろ！　お前も避難し――待て、待て待てリーゼ様！　弓を構えないでください！」

避難誘導？

あぁ、邪気に染まった木を伐採すると、邪気が枝口から溢れ出ることがあるから、大事をとってみんなに避難してもらったんだ。

でも、なんでリーさんが避難誘導を？

……アルバイトかな？

「クルト、リーゼ様を止めてくれ！」

飛んでくる矢を躱しながらリーさんが言った。

「わかりました。リーゼさん、やめてください。僕が弱いのは事実ですから」

「クルト様がそうおっしゃるのなら仕方ありませんわね」

リーゼさんはリーさんに射かけるのをやめてくれた。

二人は冗談で矢を射たり避けたりできるくらい仲がいいんだな。

名前が似ているからかな？


会場は思ったより混乱していた。

黒い木はもう舞台をはみ出すくらいに巨大化していて、選手達もどう対処したらいいか困っている様子だった。

それだけじゃない——みんなの様子がおかしい。

どうにも動きにくそうにしているのだ。

もしかして……と僕が不安に思った時、戦っている女性の一人が目に入った。

カリナさんだ。

「炎の渦《フレアストーム》」

カリナさんが生み出した巨大な炎の渦が、黒い木を呑み込む。

が、すぐに炎は消えてしまった。

「……はぁ、はぁ、やはり時間稼ぎにしかなりませんか」

「カリナさん、炎はダメです！」

「クルト、炎がダメとはどういうことだ」

カリナさんの傍にいたグルルドさんが僕に尋ねてくる。

「邪気を含んだ木が燃えると、周囲に毒性の煤が出るんです。一度や二度ならたいしたことはありませんが、しかし何度も吸えば体を蝕《むしば》みます。既に症状が出ている人が大勢いるようですから、これ以上はダメです」

「……しかし、こうしないとこの樹が派手に動いてしまいます」

「僕に任せてください」

僕は斧を取り出した。

「なにか策があるのか？」

「いいえ。でも、地元で木こりのアルプルさんから、伐採の筋がいいと褒められたことがあるんです。だから大丈夫です」

僕はそう言うと木の斧を持って駆け出す。

「待て、無策に突っ込むのは危険だ！」

背後でグルルドさんが叫ぶのが聞こえた。

確かに、ここで枝を斬り落として邪気をばら撒くのは危険だ。

でも、対策はしている。

チッチさんに言われてリーゼさんを待っているその間に！

僕は迫りくる無数の枝を斧で斬り落とした。

「なっ!?　なんて速度……一瞬で木の枝を五本斬り落とした。あれがあのクルトなのかよ」

背後でリーさんが大袈裟なくらいに言う。

「それより、なぜ枝が再生しない」

「見て、グルルド――枝の断面」

どうやらカリナさんが気付いたようだ。

そう、僕は斧に氷属性の魔法晶石を組み込んだのだ。

切断面を凍らせることで、邪気を漏らさないようになる。

ついでに、枝が再生しなくなるから邪魔されることもない。

「さすがはクルト様です」

「なるほど、坊主の奴、これまで実力を隠していたってことか」

「さすがクルトきゅん、能ある鷹《たか》は爪を隠すってことね」

リーゼさん、チャンプさん、イオンさんが僕を褒めてくれた。

全然たいしたことがない――というか、能力を隠していたことなんてないんだけどね。

さて、それじゃそろそろ本体を伐採――あれ？

「あの、皆さん。ユーリシアさんはどこですか？」

僕はそう尋ねたが、返事はすぐにはこなかった。

その間も木の枝が僕を襲ってきたけれど、全部斬り落とす。

「クルト、よく聞け！　ユーリシアの嬢ちゃんは、ローレッタ様とともに、さっき木の枝に取り込まれていったんだ」

ユーリシアさんが取り込まれた？

それは……なんで？

この程度の木に後《おく》れを取るとも思えないし……なにか作戦があるんだろうか？

でも、ユーリシアさんとローレッタ様が中にいるとなると、この大木を斬り倒すわけにはいかないよね。二人がどこにいるのかわからないんだから。

そう思った時だった。

会場が急にざわつき始めたのだ。

「え？」

振り返ると、そこにいたのは――会場の壁をよじ登ってきたらしいトレントの姿だった。

「なんで？」

外で待っているように言ったのに、なんでここに現れたの？

「また魔物――この程度なら私が」

カリナさんが杖を構える。炎で焼く気だ！

「待ってくださいカリナさん！　あのトレントは悪いトレントじゃありません！」

僕がそう言うと、カリナさんが杖をひっこめる。

「悪いトレントじゃないって、いいトレントがいるっていうの？」

カリナさんが少し怒っているように言った。

確かに、カリナさんの言う通り、優しいトレントなんて僕も会ったことがなかったけれど、このトレントは優しい。

「はい、優しいトレントです」

「なんでそんなことがわかるの？」

「一緒にいたからです」

僕がそう言い切る。

トレントは、カリナさんのことも他の人のことも気にする様子もなく黒い木に近付いていく。そして――黒い木から伸びてくる黒い根っこに巻き付かれた。

「あぁ……なるほど、そういうことか」

僕は一人で納得した。

◇◆◇◆◇

「なんだ？　さっきから動きが鈍くなってるが……私の攻撃が効いているのか？」

ドリアードの攻撃が、先ほどから急に遅くなった。

攻め方も、さっきまでは数を段々と増やし、的確に私を狙っていたのに、今は愚直に力押ししているような印象だ。

対処しやすくなったのはありがたいが、まるで他のことに集中して、こちらがおざなりになっているみたいに思える。

「外でなにかあったようでありますな。こちらに意識を割けないなにかが」

「なにかあった……か。そんなの決まっている」

クルトが来たんだ。

ドリアードの奴、クルト相手に苦戦しているのだろう。

当たり前だ、あいつは魔物相手だと子供よりも弱いが、トレントやゴーレムなどに対しては無敵の強さを発揮するからな。

これで私も楽ができそうだ。

そう思った矢先、もう一つ嬉しい報告がくる。

「これで封印の魔法式を書き終えたであります」

「本当か？　これで終わり……終わり？」

だが、遅くなったとはいえ、ドリアードの攻撃は今も続いている。

そうか、邪気の吸収が収まったところで、木の中に既に含まれた邪気が消えることはないのか。

「ローレッタ姉さん、この後はどうするんだよ。まさか、ここでずっと戦い続けるのか？」

攻撃は続いている。

いくらローレッタ姉さんが一緒に戦ってくれるようになるといっても、二人でこの攻撃をしのぎ切るには限度があるぞ。

冷や汗をかいた次の瞬間、ドリアードが急に苦しみだした。

同時に、私とローレッタ姉さんは、まるで重力に引き寄せられるかのように引っ張られ、気付けばドリアードの外へと落ちていった。


「ユーリシアさん！」

突然、私は声をかけられた。

「クルト⁉　ってことは、ここは外なのか？」

よく見ると、私だけじゃなく、ドリアードの中に取り込まれていたフタマという貴族やその護衛、他の大会参加者の姿もあった。

いったいなにがあったんだ？

振り返ってみると、そこにあったのは異様な光景だった。

ドリアードだったはずの黒い木が、カリナの炎の魔法を浴びても燃えなかった葉っぱを全て散らしていたのだ。そして枝の間に、青々とした草の玉があった。

「クルト、あれは？」

「あれはヤドリギです」

「ヤドリギだって？」

ヤドリギといえば、木の枝や幹に寄生する植物だ。

しかし、なんでそれがあんなところに生えているんだ？

「ドリアードの栄養を吸っている？　いや、もしかしたらあれが――」

「そう、先ほどから私達が戦っていたのはドリアードの心を受け入れるための器。あのヤドリギこそが本来のドリアードの心なのでありますよ」

私の同じように外に出されていたらしいローレッタ姉さんが、こちらに近付いてきた。

「ヤドリギと大樹がセットでドリアードだっていうのか？」

「ユーリシア、ドリアードの伝承を思い出すであります」

ドリアードの伝承？

樹齢何千年もの木に寄り添う美女の姿で現れる木の大精霊で、その木が枯れる時、自らも命を落とすと言われている。

……それって、美女云々を除き、木に寄り添い、本体の木が枯れたら自らも命を落とすって、ヤドリギのことじゃないのか？

「でも、あのヤドリギがドリアードの心だっていうのなら、なんでここにあるんだ？」

「クルト様が運んできたんですよ。音楽を聴かせて、心を育《はぐく》みながら」

リーゼが説明をしてくれた。

クルトが原因――そう聞かされたら、なるほど、全ての不条理も呑み込むことができそうだ。

その時だ。

ヤドリギが巨大樹の根元までゆっくりと落ちてきた。

そして、そのヤドリギの隙間から、美しい緑色の髪の女性が現れる。

よく見れば、足の部分が巨大樹の根元と一体化していた。

ローレッタ姉さんがその前で膝をついた。

「私は戦巫女の血を引くローレッタ・エレメントと申すであります。まずはこの地にて顕現《けんげん》なされたこと、まことに感謝するであります」

「感謝されることではありません。それより、あなた達人間に迷惑をかけてしまったようで、謝罪をします」

緑髪の彼女はそう言って目を閉じた。

「なぁ、ユーリシアの嬢ちゃん。あれはどうなってるんだ？　ていうか、誰なんだ？　人間……じゃないよな？」

チャンプが私に尋ねてくる。

今まで戦っていた巨木から突然女性が現れたら、誰だって反応に困るよな。

「木の大精霊ドリアードだよ。元々あの黒い大樹はドリアードの器だったらしいんだが、それを魔族に利用されていたんだ」

「大精霊ドリアードだってっ⁉」

チャンプをはじめ、それを聞いたみんながその場に跪《ひざまず》いた。

大精霊は精霊信仰で崇《あが》められているのはもちろん、他の宗派においても、神に仕え、地上を管理する存在——亜神という扱いを受けているからな。

それにしても、グルルドもカリナも、他の面々と同じように跪いている。さっきも説明したんだけど、信じてなかったのか？　……まぁ、信じられないか。

そう呆れていると、そのドリアードがクルトに話しかける。

「クルト様」

「はい！」

「あなたの音楽、そして栄養剤、本当にありがとうございました。あなたがいなければ、きっと私は意識が覚醒することなく、皆さんにもっと迷惑をかけていたでしょう」

「……やっぱりあなたはあの優しいトレントさんなんですね……伐採しなくてよかった」

「はい、優しいトレントさんです。伐採されてあげられなくてごめんなさい」

ドリアードはそう言ってニコリと微笑んだ。

本人達はいたって普通に話しているつもりなんだろうけれど、こっちは緊張してくる。

頼むから、伐採の話はしないでくれ。

「あまり顕現していられる時間はないようですね。木の中に溜まった邪気を浄化するため、私はしばしこの中で眠る必要があります」

そうだった、邪気を取り込む宝玉は封印することに成功したが、邪気そのものがなくなっている
わけじゃないんだった。

「――ドリアード様、浄化にはどのくらいの時間が必要でありますか？」

「安心してください、ローレッタさん。あなたが私を必要とする、その時には邪気の浄化は終わっ
ています――それでは失礼いたします」

ドリアードはそう言い残すと、木の中に溶け込むように消えていった。

どうやら、これで全てが終わったらしい。

私はほっと、胸を撫《な》でおろしたのだった。


武道大会の決勝戦は当然、延期となった。

そして、おそらく中止になるだろうとのことだった。

だが、町の人は残念がってばかりはいられない。

なにしろ、島の中心にドリアードが宿る聖なる木が生えたのだから。

町は武道大会の祭りから一転、ドリアード顕現による祭りへと早変わりした。

もっとも、早変わりしたところで、みんながどんちゃん騒ぎをすることには変わりがない。

そんな中、私達決勝トーナメント参加者は、冒険者ギルドに併設されている、クルトが働いてい

た酒場で慰労会《いろうかい》を行うことにした。

離れた場所では腕相撲大会が行われ、チャンプが七人抜きを達成していた。リーは口いっぱいに肉を頬張り、チーに怒られている。

ちなみに、クルトはというと――

「クルト、黒の大樹との戦いはまさに武神に迫る動きだった」

「よしてくださいよ、グルルドさん。ただ邪魔な枝を斬り落としただけです。そんなの高枝切りバサミがあれば誰でもできますよ」

「高枝切りバサミか……なるほど、そんな武器があるのだな」

なぜかグルルドと意気投合して話し込んでいた。

そんな中、腑に落ちない様子を見せるのはカリナだ。

「決勝戦が行われないのなら、グルルドが奴隷から解放されないじゃない……どうしたらいいのよ」

一人酒を飲んでやさぐれている。

彼女の目的は優勝し、グルルドを奴隷から解放することだったので、こうなるのも仕方がないだろう。

そんな彼女に、私は声をかける。

「なぁ、カリナ。そのことなんだが、武道大会がしばらくの間中止になるから、剣闘奴隷の出番がないそうなんだ」

「聞いたわよ。それで、剣闘奴隷から解放されたければ莫大《ばくだい》なお金が必要になるってことも。そんなお金あるわけないでしょ」

「ああ。ところが、大会の賞金なんだが、順位が決定している分までは支払われるそうなんだ。リーとチーには四位入賞で金貨三十枚、八位になったやつは金貨十枚。だが、私達の分の賞金の扱いに困っているらしくてな……金貨五百枚と金貨百枚だからな。差が大きすぎる」

「え？　それじゃあ――」

「それで、ローレッタ姉さんに話したところ、お金の配分は私達四人で話し合って決めていいことになったのさ。そこで相談なんだが、優勝と準優勝の賞金合わせて金貨六百枚、全部使って剣闘奴隷全員を解放しないか？」

するとそこに、クルトとの話が落ち着いたらしいグルルドが言葉を挟んだ。

「――いいのか？」

「もちろん、あなた達が半分の金貨三百枚を受け取るなり、決着をつけるために戦って金貨百枚を受け取るなりして、自分だけお金を払って解放されたいというのなら止めはしないけど。クルトと相談して、さっきの案の方がグルルドも納得できるんじゃないかってね」

「私はグルルドさえ奴隷から解放されるのならそれで別にいいわ」

「俺も異存はない……が、本当にいいのか、クルト」

「はい。元々、賞金が目当てじゃありませんから」

クルトは笑いながら言った。

まぁ、こいつの場合、本人が知らないだけでミスリルとオリハルコンをミミコに売り払ったお金だけでも金貨八万枚手にしているから、金貨五百枚の損失はそれほど痛くないんだよな。

グルルドは嬉しそうにしていたが、一点、真剣な表情でこちらを見つめてくる。

「だが、ユーリシア。一つだけ訂正を頼みたい」

「なんだい？　まさか、自分だけは剣闘奴隷から解放してほしくない、なんて言わないよね？」

「それは言わない。俺が言いたいのは、再試合をした場合、勝つのは俺達だってことだ」

グルルドがそう言って不器用に笑みを浮かべると、私も釣られて笑ってしまった。

本当にクルトと一緒にいると、多くの人が幸せになっていく。

こいつは幸せを運ぶ女神なんじゃないかって思えてくる。

一瞬、私の脳裏に女神の姿をしたクルトの姿がよぎり、それがとても似合っていた。

いかんいかん、飲みすぎたみたいだな。

「ちょっと風に当たってくるよ」

私はそう言って、裏口から外に出た。

風が気持ちいい。

もうすぐ夜になろうかという時間だが、町はいつも以上に騒がしかった。

リーゼはこの慰労会に間に合うだろうか？

貴賓席にいたＶＩＰ達の間でなんらかの話し合いが行われているらしいから、こっちには顔を出せないかもしれないって言っていた。

――だからこそ、その人物の姿を見て、私は驚いてしまった。

「話し合いは終わったのか？」

やってきたのは、ローレッタ姉さんだ。

「話し合いより大切なことがありますから。ユーリシア、少しだけ付き合ってほしいところがあるであります」

「付き合ってほしいところ？」

「この作戦を仕組んだ元凶のところでありますよ」

◇◆◇◆◇

「なぜだなぜだなぜだなぜだなぜだなぜだなぜだなぜだなぜだなぜだっ！」

武道大会の会場から離れた山の中で、《脚本家《スクリプター》》が頭を掻きむしっているのを、私は隣で見ていた。

「そもそも、人工ドリアードが復活したあとは、その根からこの島中のありとあらゆる生物を取り込み、魔力に変換するはずだった――なのになぜ数人の人間を取り込むだけで終わった。いや、そもそもドリアードに取り込まれた人間はなぜ生きているのだっ！　ドリアードに取り込まれたら魔力を根こそぎ奪われて死に絶えるはずだろうっ⁉」

《脚本家《スクリプター》》はわけがわからないという感じだが、その理由はとても単純だ。

人工ドリアードは十分に魔力を吸収していたため、それ以上魔力を吸う必要がなかったのだ。ただ、心を求めて近くの人間を取り込むだけでよかった。

《脚本家《スクリプター》》の計画が狂った全ての原因は、クルトが運んだあの土嚢だ。

クルトは膨大《ぼうだい》な魔力を持っている。

魔力を吸い取る土嚢を長時間、しかも力を込めて持ち上げ続けた結果、ドリアードの根元に撒かれた土には魔力結晶数十個分――クルトが気にしていた薪の火力に換算すると、島で使用する薪千年分以上もの魔力が蓄えられていたのだ。

そのため、ローレッタはドリアードに取り込まれても魔力を奪われることなく、その内部で闇の宝玉を封印することができた。

そして、一番の懸念《けねん》だったドリアードの心の在処《ありか》は、偶然にもクルトが見出《みいだ》してくれた。

そのため、私はローレッタに作戦の開始を告げたのだ。

そんなことは露知らず、《脚本家《スクリプター》》は怒りのままに言葉を続ける。

「ドリアードに心が宿り、人間の力になるとは想定外だ……いや、今なら私の力があれば、あの程度の数の人間を殺すことができる。貴様も私に手を貸――」

《脚本家《スクリプター》》は、そこで言葉を途切らせてこちらに顔を向けた。

その表情は、驚きと怒りに歪《ゆが》んでいる。

「なにをしている、チッチっ！」

激高して私の名前を呼ぶ《脚本家《スクリプター》》に、冷たく言い放つ。

「なにって、見てわかりませんか、《脚本家《スクリプター》》ともあろう魔族が。裏切ってるんですよ、あなたを」

《脚本家《スクリプター》》の背中には、一本の針金でできた花が突き刺さっている。

「裏切るのか、この私を……人にも魔族にも受け入れられなかった貴様を唯一使ってやっているこの私を……」

《脚本家《スクリプター》》が私の頭に手を伸ばす。

だが、彼は私のターバンの端を掴んだところで、力が抜けてその場に倒れてしまった。

それと同時に私のターバンがほどける。

「そうだね、確かに私は人にも魔族にも受け入れられない奇異な存在です。この角が証拠です」

私の頭には、一本の折れた角が生えていた。

魔族には全員、二本の角が生えている。

角が一本しかない者、それは魔族と人間との混血児である証だった。

「でも、あなたは私を助けたわけじゃない。私のことを利用しようとしていただけ。どこにも行くあてのなかった私が、あなたに頼りにされたことで依存すると思いましたか？　今どき、そんな脚本、誰も受け入れてくれませんよ」

　私はそう言うと、針金をさらに強く押し込んだ。

「《脚本家《スクリプター》》の転移に見せかけた回避はとても単純な原理です。そのタネは透過――単純にあなたが透明になっている間は、物がすり抜けるだけなんですよね。武器による攻撃を受けた時に自動的に発動する仕組みになっているから、あなたはこれまで常に安全な場所で笑っていられた。でも、この針金にはそんな小細工は通用しないんですよ。だって、これは神々の金属、オリハルコンなんですから。その程度の魔法の発動を阻害《そがい》するくらい十分にできます。聞こえていますか？　まだ死んでいませんよね。あなたは私にかつて教えてくれたではないですか。自分の思い通りに動き、騙された者に種明かしをするその瞬間が一番の愉悦だと。その時の絶望した顔が一番たまらなく好きだと」

　そして、私は彼の目を見て言った。

　私は苦笑する。

「残念ながらそれ、間違いです。あなたみたいなクソ野郎でも、殺すと罪悪感を抱くものなんですね……はぁ……」

　裏切ったと言ったが、最初から私は彼のことを仲間だと思ったことはない。

　私が仕える人はただ一人。

魔族にも人間にも受け入れられなかった私を受け入れてくれたあの人だけなのだから。

ため息をついていると、人間が二人、近付く足音が聞こえてきた。

「――さて、そろそろ主人のところに帰ろうかと思っていたんだけど、これは私の脚本にはなかったはずだよね、ローレッタさん」

◇◆◇◆◇

私、ユーリシアがローレッタ姉さんに連れられて向かったのは山の中。そこにいたのは、倒れている《脚本家《スクリプター》》とチッチだった。

こいつが怪しいと思っていたが、まさか魔族――いや、魔族と人間との混血児だったとは。

それに、チッチが持っているオリハルコンの花の針金アートは私も以前、見たことがある。クルトがヒルデガルドに渡したものだ。

なるほど、だいたい読めてきた。

ローレッタ姉さんがなぜ、クルトの特異性やヒルデガルドのことを知っていたのか？

答えは単純、ヒルデガルドがチッチに話し、チッチからローレッタ姉さんに伝わったからだ。

「――さて、そろそろ主人のところに帰ろうかと思っていたんだけど、これは私の脚本にはなかったはずだよね、ローレッタさん」

「そうでありますね。チッチ。でも、私とあなたの契約は、あなたが《脚本家《スクリプター》》を殺し、私がドリアードを手に入れた時点で終わりでありますから、脚本通りに動く必要はないであります……と言いたいでありますが、私達がここを通ったのは、ただの偶然でありますよ。目的地は先でありますし」

ローレッタ姉さんはしれっとそう言った。

チッチの主人というのが誰かはわからないが、ヒルデガルドの味方だったとしたらここで戦う必要はない。

しかし、敵の敵が味方とは限らないのと同様に、味方の味方が味方とは限らない。

私は警戒しつつ、チッチに尋ねる。

「一つだけ聞かせてくれ。チッチ、お前の主人は魔族なのか？　それとも人間なのか？　ヒルデガルドと繋がりがあるのはわかったが、彼女とはどういう関係なんだ？」

私がそう言うと、ローレッタ姉さんもチッチも微妙な顔になった。

無言で、「え？　なにを今さら言ってるの？」という顔だ。

あれ？　私、今なにか変なこと言った？

「ユーリシア、今の話の流れでわからなかったでありますか？」

「私の主人はヒルデガルド様ですよ。《脚本家《スクリプター》》の仲間のフリをしていいのも、魔神王の配下に捕まった主人の居場所を探ることが目的です」

え？　チッチの主人がヒルデガルド？

以前うちの工房に来たソルフレアといい、チッチといい、なんであんな子供のことを大事に思うのだろう？

「もしかしてヒルデガルドって魔族の間じゃかなり重要人物なのか？」

「重要人物もなにも、ヒルデガルドは四大魔王の一角、老帝でありますよ」

はぁっ⁉

「なんだってっ⁉　待て、老帝って、現在の魔王の中でも最も高齢の、何千年も生きている魔王だろ⁉」

クルトの薬のせいで不老になったって聞いたけど、クルトより少し年上だって話だから、十六か十七歳のはず。

混乱する私に、チッチが頷く。

「そうですね。ヒルデガルド様は現在約千二百歳。百歳未満は四捨五入していますが」

「千二百歳だって⁉　え？　だって、クルトと会ったのはクルトがまだ子供の頃で、不老になったのはクルトと出会ったからで、ほんの十年前のはず」

「……え？　私が聞いたところ、クルトとヒルデガルド様が出会ったのは千二百年前だって話ですよ？　それで、てっきりヒルデガルド様は、クルトが十五歳の姿で不老になったのだとばかり思っていたそうですけど……」

どういうことだ？

クルトが自分の年齢を騙《かた》っている？

いや、あいつは勘違いばかりだが、だからといって嘘をつくような奴じゃない。

しかし、ヒルデガルドが嘘をつく理由も思いつかない。

考えられることは……クルトが記憶喪失になっているとか？

リーゼが言うには、クルトは自分の特異性に気付くと意識を失い、一日分の記憶を失うと言っていた。一日分の記憶を失ったのはたまたまで、条件が変われば一日分どころか数十年、数百年の記憶を失うことがあるかもしれない。

だが、果たして本当にそのようなことがあるのだろうか？

「どうやら、お互いの認識に齟齬《そご》があるようですね。ヒルデガルド様に報告することが増えました」

「ああ、そのようだね。私も宮廷魔術師のミミコに報告をしないと……くそっ、ミミコの奴め」

あいつ、絶対、ヒルデガルドが老帝だって知ってただろ。

彼女とソルフレアの事情は全て彼女が聞き出していたし、そういえばヒルデガルドを介抱《かいほう》しないと魔族の派閥《はばつ》争いが大変なことになると言っていたが、まさか魔王だなんて思いもしなかったぞ。

でも、千二百年も生きていたら、そりゃ人脈を築き、派閥を作ることもできるか。

老帝は魔族の中でも穏健《おんけん》派だって噂だし。

「それでは、私はこれで失礼します」

チッチはそう言うと、《脚本家《スクリプター》》の死体を持ち上げ、そして去っていった。

「それで、ローレッタ姉さん。私をここに連れてきた理由って、チッチと会わせることだったの？」

「先ほども言ったでありますが、偶然でありますよ。目的の場所はこの先であります」

「この先ねぇ……ランドマークになりそうなものがあるような雰囲気はないけれど」

「…………」

「冗談だよ」

ローレッタ姉さんが私を睨みつけるようにこちらを見てきたので、私はたまらずそう言った。

森の中を二人で進む。

「今のは別に怒ったわけではないでありますよ？」

「そうなの？」

「片目だと、どうしても距離感が取りづらく、暗い道では特に目を細めることが多くなるのでありますす」

それって視力が悪い時の対処法で、遠近感がつかめるようになるとは思えないんだけど、でも癖って変な形で出るからなぁ。

「と、着いたでありますね」

「着いた？　なにもないけど？」

木々が生い茂る山の中であり、特になにかがあるというわけでもない。

ここに生えている木が新たなドリアードに⁉　とかそういう展開があるとも思えないし。

ローレッタ姉さんは私になにも説明しないまま、その場に屈み、なにやら地面を探っている。

そして、彼女はそれを見つけた。

地面から紐《ひも》が生えていたのだ。

ローレッタ姉さんがその紐を引っ張ると、地面がめくれ上がる。

いや、地面に偽装しているが、裏側は金属の板がつけられている。隠し扉だったのか。

板の下には階段があり、地下に続いているようだ。

「この先であります」

ローレッタ姉さんがそう言って階段の近くにあったスイッチを押すと、光が灯る。

私達が階段を下りていくと、そこにあったのは鍾乳洞《しょうにゅうどう》だった。

前に私とクルトが入った鍾乳洞に似ているが、あちらは天然の鍾乳洞のままだったのに対し、こちらはずいぶんと人間の手が加えられている。

落盤防止だけでなく、罠《わな》の類もあった。

私でも、ローレッタ姉さんの注意がなければ命を二、三個落としていたかもしれないくらいに。

そこまでして守っているものっていったい？

そう思いながら私がその鍾乳洞で見たのは、巨大な足だった。

足だけだというのに、禍々《まがまが》しい雰囲気を纏《まと》っている。

「ローレッタ姉さん……これは？」

「言ったでありますよ。この地には災厄体が封印されていると。これは災厄の魔獣、ラクガ・キンキの右足であります」

「ラクガキンキっ!?」

待て、それって私がでっち上げた落書き魔の名前だったよな。

そんな偶然があるのか？

「ええ、ラクガ・キンキでありますよ。子供の頃、ユーリシアに読み聞かせしてあげたであります。私達戦巫女の子孫は、このラクガ・キンキの右足を封印し、いつか復活した時のために力を蓄えることが目的であると」

「そんなの教えてもらった記憶が……」

その時だ。

『お姉ちゃんが絵本を読んであげるでありますよ』

そう言って、ローレッタ姉さんが私に絵本と称して変な本を読み聞かせしてくれたことを思い出した。

その話の中に出てきたのだ、ラクガ・キンキが。

そして、私はその言葉が妙に耳に残っていて、クルトに対し、咄嗟に落書き魔の犯人の名前をラクガキンキと伝えてしまったんだ。

「ローレッタ姉さんが私をここに連れてきたのは、なんのためなんだ？」

「本来なら、あなたの子供達にこの地を管理してもらう必要があるのです」

「ここはパオス島で、イシセマ島じゃないだろ？」

「この山はイシセマ島の島主の個人所有ということになっているでありますよ」

待て待て待て。

この山はって、パオス島の島面積の半分はこの山なんだけど？

それがイシセマ島の島主の所有物？

島主の間のパワーバランスに偏《かたよ》りがあるのはわかっていたが、そこまでとはな。

「なるほど……確かに、こんな危険なもの、管理する人間が必要なのはわかったよ。だから、ローレッタ姉さんは私に子供を産ませてイシセマ島主を作らせようとしていたんだ」

「本当はあなたを巻き込みたくなかったでありますが、しかし、他の島主候補では戦巫女としての力が薄いのであります。あなたにしか頼めないのでありますよ」

「ローレッタ姉さんがそこまで言うなんて……確かに私の責務かもしれない」

私はローレッタ姉さんの背後に忍び寄ると――

「だが、断るよ！」

そう言って、眼帯の紐をほどいた。

完全に油断していたようだ。

「な、ユーリシア、なにを——眼帯を返すであり……ま……」

ローレッタ姉さんは文句を言いながらも気付いたようだ。

自分の右目が光を感じていることに。

「眩しい……視力が元に戻っている？」

「視力だけじゃないよ」

私はそう言うと、雪華を抜いた。

その鏡のように磨かれた雪華の刀身に映る自身の姿に、ローレッタ姉さんは釘付《くぎづ》けになった。

「これは……目の毒が……消えている？」

「まぁ、ローレッタ姉さんはクルトの常備薬を飲んだからね。クルトのことをいろいろと調べたみたいだけど、それでも本当の実力は自分で体験してみないと理解できないってことさ」

SSSランクの調剤能力を持っているということを知っていたとしても、優れた医者が匙《さじ》を投げて一生治ることがないと言われた自分の目を治せるとは思わなかったのだろう。

「……人生で一番驚いたであります」

「そりゃ薬を飲ませた甲斐があった。たぶんだけど、子供も産めるようになっていると思う。だから、私に頼らず、自分の子供を産んでくれ。生憎、私には娘がいるから、しばらくは子供を作る気はないんだよ」

「……なるほど……それでは、早速、クルト・ロックハンス士爵を誘惑して子種を貰うでありますか」

「それはダメだ！」

「冗談でありますよ」

私が咄嗟に断ると、ローレッタ姉さんは昔のように、本当に嬉しそうに笑ったのだった。


その日の夜、私は宿でリーゼに今日得た情報を話した。

ラクガ・キンキのことは他言しないように言われているので、主にチッチのことだ。

その中でも、特にクルトとヒルデガルドが出会ったのが千二百年前だということについて、持論を含めて彼女に話した。

まずは、クルトもまた不老であるという説についてだが、リーゼはバッサリ私の予想を切った。

「クルト様が不老？　それはありませんわ」

「えらく言い切るね」

「当たり前です。クルト様は日々成長なさっています。私と初めて出会った時より、身長が五ミリは伸びていますよ。不老なら身長も伸びないのでしょ？」

「五ミリって誤差の範囲だろ？　朝起きた時と夜寝る前とで一センチ以上差が出る人もいるぞ」

「もちろん、誤差を修正しての目測ですわ」

リーゼがここまで言い切るのなら、きっとその通りなのだろう。

クルトへの観察眼なら、彼女の右に出る変態はいない。

「だとすると、クルトっていったい……」

「本人に聞いてもわかりませんからね……まさか、時間を超えて過去からやってきたわけはありませんし」

だよな、さすがに時間を超えてやってきたなんてあるわけないよな……あるわけ……ないよな？

と、そこにちょうどクルトが、リーゼ用の夜食を運んできた。

「なぁ、クルト。ちょっと聞きたいんだが、クルトの村って時間を弄《いじ》る研究とかしてなかったか？」

「はい、していましたよ。もしかして、誰かに聞いたんですか？」

クルトは笑いながら肯定しやがった。

え？　本当にこいつ、マジで過去から飛んできたの？

「うちの村で、一万年もののワインとか作ってみたら美味しいんじゃないか？　って話になって、ワインの中身だけ時間を超えさせる研究をしていたことがあるみたいなんです。僕は未成年でお酒が飲めませんでしたから、話を聞いていただけで実験には参加させてもらえず、しかも失敗続きだったそうです。結局、みんなで百年物のワインを飲んで我慢したそうです」

「そ、そうなんだ」

本当に時間を超える研究をしていたのか。

でも、一万年もののワインって、そんなもの飲めるのか？　腐っていそうな気がするが、ハスト村の人間なら、腐らない対策はできているんだろうな。

しかしそこに、リーゼが待ったをかけた。

「待ってください、クルト様。百年物のワインを飲んでいるんですか？　王国に現存する最古のヴィンテージワインでも三十年物なんですが」

「正確には、百年分熟成させたワインですね」

「どう違うのですか？」

「超音波を使うと、通常の百倍の速度で熟成されて味がまろやかになるそうですよ？　酒造りのお爺《じい》さんが言っていましたが、超音波を使ってワインを熟成させるのはよくある話ですよね」

「そんなよくある話はありませんわ」

リーゼがそう言った時、私は急に懐かしく思えた。

そうだ、クルトが不老かどうかなんてどうでもいい。

クルトがバカなことを言って私を驚かせて、リーゼがクルトに惚気《のろけ》ながらも驚かされて、当のクルトは自分が変なことをしていることにまるで気付いていない。

これが私達の普通であり、私達にとってよくある話なんだ。

「クルト、明日には工房に帰るぞ」

「急にどうしたんですか、ユーリさん」

「仕方ないだろ。急に帰りたくなったんだから」

私がそう言うと、クルトも笑顔で頷いた。

「はい、僕も工房に早く帰りたいです！　アクリにお土産《みやげ》をいっぱい買って帰りましょう！」

◇◆◇◆◇

早く家に帰りたいと、昨日はそう言ったけれど、僕は今、とても不安だった。

僕達の工房まであと距離にして数百メートルあるが、その姿はもう見えている。

「アクリ、許してくれるかな」

ユーリシアさんを連れ戻すために長い間、寂しい思いをさせてしまった。

怒られる覚悟はできている。

でも、アクリが泣いたらと思うととても辛い。

「大丈夫だよ、クルト。お土産もたくさん買ってきたし」

「そうですわ、クルト様。ほら、この地方にはないお菓子がたくさんありますから」

ユーリシアさんがペナントと木彫りの猫と木刀を、リーゼさんが飴玉《あめだま》と砂糖菓子を鞄から出して言った。

「木刀を渡して、アクリに叩かれたらどうしよう」

「おいおい、クルト。考えすぎだって。反抗期にはまだ早いだろ」

「ユーリさんが言っている反抗期は十三歳から十五歳くらいの第二反抗期のことでしょう？　第一反抗期は二歳頃の子供に出るって育児書に書いてありましたわ」

「僕もそれ、読みました。イヤイヤ期っていうんですよね」

「私も読んだよ……というか、工房の休憩室にある書棚にある本に書いてあったから、三人とも同じ本を読んだんだね」

工房の休憩室の書棚は、元々は娯楽本が置いてあったが、アクリが生まれてから育児に関する本を多く取り揃えるようになった。

どうやら、三人とも目を通していたらしい。

「まぁ、大丈夫だろ。アクリはとってもいい子だし」

「わかりませんわよ、ユーリさん。子供の成長はとても早いのです。少し目を離したうちに、親の想像がつかないくらいに成長していることがあります」

「……そうなのか？」

ユーリシアさんはとても不安そうに言った。

そう言われると、僕も不安になってくる。

だとしたら、健康的に成長していてほしい。

そう思った時、工房の方角から僕と同い年くらいの銀色の髪の少女が走ってきた。

「え？　クルミ？」

ユーリシアさんが言った。

確かに、その少女は女装した僕に少し似ていた。

見たこともない少女だったのに、なぜかその子から目が離れない。

そして少女は僕達に近付くと、突然、僕に抱き着いてきた。

「「「なっ⁉」」」

僕達三人が同時に声を上げた。

「え？　え？　え？」

状況が呑み込めず、僕は疑問の声を上げることしかできない。

「なんだ、クルトの奴、また新しい女の子をたらしこんだのか——ていうか、なんでこの子、こんなにクルミに似ているんだっ⁉」

「どういうことでしょう、クルト様に見知らぬ女性が抱き着いているというのに、殺意が芽生えないなんて……そんな、そんなはずはないのに」

ユーリシアさんがまるで僕のことを女たらしみたいに言い、リーゼさんは、なぜか殺意を持てないことを不思議に思っている様子だった。

三者三様の反応を見せる僕達に、その見知らぬ少女は嬉しそうに言った。

「おかえりなさい、パパ、リーゼママ、ユーリママ！」

その言葉を聞いて、僕達はようやく少女の正体に気付く。

「もしかして――アクリなの？」

「うん！　アクリだよ、パパ！　子供だと家に置いて行かれるから、大人になったの！　これで、もう離れ離れにならないの？」

僕は抱き着いてくるアクリを見て、ユーリシアさんとリーゼさんに尋ねた。

「ちょっと見ない間に子供が親と同じくらいの年齢まで成長しているのって、よくある話ですか？」

僕が尋ねると、ユーリシアさんとリーゼさんは無言で首を横に振った。

◇◆◇◆◇

くそっ、くそっ、くそっ、くそっ。

背中の痛みが全然消えない。

「騒ぐと痛みが増しますよ、ゴルノヴァ」

「うるせぇ、いいからそれを寄越しやがれ」

俺様はエレナから軟膏《なんこう》を奪い取って、背中に手を伸ばして塗ろうとする。しかし、うまいこと塗ることができない。

「私が塗ります」

エレナはそう言うと、俺様が奪い取った軟膏を奪い返し、自分の指で拭い取り、俺の背中の一部に塗った。

薬を塗った部分のやけどは消え去るが、しかし量が少ない。

「もっと薬はないのか？　もう三日も経つのに全然薬が足りてないぞ」

エレナが放った炎により、俺様の背中は酷いやけどを負った。その治療のために、わざわざシーン山脈まで飛んできて（文字通りエレナの奴、俺様を抱えて空を飛んで移動しやがった）治療をしているのだが、そのための薬作りに時間がかかっていた。

「クルトなら一瞬で薬を作ることができるのですが、私の性能だとこれが限界です」

「嘘つけ、あいつが薬を作ってるところなんて見たことがないぞ」

俺はそう言い放った。

あの武道大会の会場で、クルミと名乗っていた給仕。その正体はクルの野郎だった。

クルを庇ってしまったせいで、俺様は酷いやけどを負った。

結果、武道大会に優勝して貴族の地位を得て指名手配から解除され、イシセマの姫と結婚して悠々自適の生活を送る完璧なプランが崩れ去った。

「なんでこの俺様がクルを庇わないといけないんだ、チクショウ」

クルが危ない状況に陥ると、無意識に俺様はあいつを庇ってしまう。あいつを盾にしてでも俺様が無傷でいればいいと思っているのに、必ずそうなるのだ。

「それは、あなたが剣聖の里の出身だからです」

「あん？　なんでお前、俺の出身地を知ってるんだ？」

誰にも、そう、クルにもマーレフィスにもバンダナにも話したことがない。

そもそも、剣聖の里そのものの存在だって知っている奴はいないはずなのに、なんでこの女がそれを知っているんだ？

くそっ、痛みと熱で全然考えが纏まらねぇ。

「答えろ。俺様はどうすれば自由になれる」

「それは私にはわかりません。ただ、大賢者なら――」

「大賢者？　大賢者っていうと、塔の賢者か？」

「その通りです」

塔の賢者といえば、うちの里に伝わる架空の人物だと思っていたが、実在しやがったのか。

これは少し、面白くなってきやがった。

エピローグ

現在、アクリは喜び疲れて眠っていた。

いつもの三歳くらいの姿で。

さっきまで僕と同い年くらいの姿ではしゃいでいた彼女だったが、工房に着く直前に眠ってしまい、気付けばいつもの姿に戻っていた。

そして、僕達は庭でアクリを探していた、シーナさん達「サクラ」の面々と合流した。

「すると、アクリは突然大人の姿になったり子供の姿に戻ったりできるようになったってこと？」

僕が尋ねると、シーナさんは頷いた。

「うん、そうなの。私が、『アクリちゃんは子供だから危険な場所につれていけないの』って説明したら、『じゃあおとなになればいいの？』って言って、気付いたら大人の姿に変わったの。あ、大人といっても、私と同じくらいの年齢なのは、きっとアクリちゃんにとって一番身近な大人がクルトくんだったからだと思うんだけど……やっぱりアクリちゃんって普通の子供じゃないんだね」

「まぁ、もともと卵から生まれているから普通じゃないのは当然だが。しかも、何度も大人の姿になったり子供に戻ったりできるとは――」

「一体、この子は何者なんでしょうね。もちろん、アクリが何者であっても私達の子供であることに変わりはありませんが」

ユーリさんとリーゼさんがそう言った時、シーナさんは思い出したように言った。

「そう、それでそのことを説明してくれるお客さんが来ているの」

アクリのことを説明してくれるお客さん？

それって、ミミコさんのことかな？

「騒がしいと思ったら、帰ってきていたのね」

彼女はそう言いながら、廊下を歩いてきた。

僕はその姿を見て、喜びの声を上げる。

「ヒルデガルドちゃん！　それにチッチさんにソルフレアさんも！」

紫色に縦巻髪の女の子、ヒルデガルドちゃんだった。

チッチさんと、ヒルデガルドちゃんの仲間のソルフレアさんも一緒だ。

遊びに来てくれたんだ。

「久しぶりね、クルト」

「どうも、士爵様」

「……再会、喜び」

ヒルデガルドちゃんはすまし顔で、チッチさんは嬉しそうに言った。ソルフレアさんの言葉は相変わらずそっけないけど、それでもどこか嬉しそうだ。

ソルフレアさんの口数が少ないのは相変わらずだな。

チッチさんがヒルデガルドちゃんの友達ってことは、チッチさんの言葉の端々のアクセントがヒルデガルドちゃんの癖と似ていたから、きっと長い間一緒にいるんだろうなってことで気付いていたんだよね。

だから僕は彼女のことを信用していたのだ。

「もしかして、アクリのことを知っているのってソルフレアさん？」

「いいえ、私よ、クルト」

ヒルデガルドちゃんが一歩前に出て言った。

「いろいろと調べて、ようやくその子の正体がわかったわ。それであなたに確認したいことができたのよ」

「僕に確認したいこと？」

「ええ。私とクルトが出会ったのって、何年前のことだったかしら？」

「十年くらい前だったよね。それがどうしたの？」

「そう、わかったわ」

あれ？　本当にどういう質問だったんだろ？

なぜか、ヒルデガルドちゃんの質問に、ユーリシアさんとリーゼさんが少し緊張していた気がするけれど。

「クルト、聞いて。この子は精霊よ。それも、凄い力を持っている人工精霊」

ヒルデガルドちゃんがそう言うと、それに一番に反応したのはユーリシアさんだった。

「人工精霊っ⁉　ドリアードのような人工精霊だっていうのかっ⁉　――まさか、ドリアードの中でアクリに似た気配を感じたのは、同じ精霊だからか……？」

「ドリアードの中のことはわからないけど、そうね。しかも、時と空間を操る大精霊の……ね」

「つまり、アクリは《脚本家《スクリプター》》のような奴に造られたってことか？」

「いいえ、それをチッチに調べてもらっていたけれど、どうやら違うようね。アクリはあいつらとは全く違う方法で作られているみたいなの。そんなことができる集団、あなた達なら心当たりがあるでしょ？」

「「まさか――」」

ユーリシアさんとリーゼさんの視線の先にいたのは、なぜか僕だった。

「え？　待ってください、大精霊の作り方なんて僕は知りませんよ。うちの村では、祭りの日に火の中級精霊を作ってキャンプファイヤーをしたり花火をしたり。普通に精霊を作っていましたが、大精霊の作り方なんて知りません！」

僕がそう言い切ると、

「よくわかった」

「よくわかりました」

二人が頷いた。

よかった、わかってくれたらしい。

「そう、わかってくれたのならいいわ……それで、クルト達三人にお願いがあるの」

「お願い？」

「そう。アクリのことをもう少し調べるために、三人にはこれから、ハスト村に行ってほしいの」

ハスト村に行く。

僕の村で作っていないって言っているのに、僕の村に行くの？

よくわからないけれど、久しぶりの里帰りか。

少し緊張してきたな。

「確かにそれは必要そうだが、シーン山脈か。帰って来たばかりでまた長旅になりそうだな」

ユーリシアさんが言う。

僕達、ついさっき工房に帰ってきたばかりだもんね。

ヒルデガルドちゃんは愉快そうに首を振った。

「別に今すぐってわけじゃないわ。こっちも準備があるし。それに、あなた達に行ってもらいたいのもシーン山脈じゃない。私とクルトが出会ったハスト村——過去のハスト村よ」

「「過去のハスト村？」」

「そう、時間を超えてね」

……え？

時間を超えて過去に行く？

そんなことができるなんて僕は聞いたことがないけれど、それってよくある話なのかな？

番外編　老帝と混血児の少女

この世に生を受けた時から、私——チッチの人生は絶望のどん底だった。

母は人間であり、父は魔族だった。といっても、私は父の顔を知らない。

私がいた魔族の社会において、人間は家畜と同じ扱いどころか道具のように扱われている。もっとも、人間との間に性交渉を持つのは禁忌《きんき》とされているため、性の道具として扱われることはないそうだ。

そんな中、一人の魔族が人間の女性に恋をした。

二人は毎夜こっそりと愛をはぐくみ、そして生まれたのが私だ。

そして、それが悲劇の始まりだった。

人間に手を出したことで、父は魔族の掟《おきて》を破ったということで処刑され、私と母は魔族の社会を追い出された。

奴隷から解放された——と言えば聞こえはいいが、魔族の住む町から一歩外に出た場所は魔領と呼ばれ、凶暴な魔物の棲家《すみか》になっている。

そのままでは生きていけないため、母は郊外で魔物を狩って生計を立てる狩人の魔族の男の『道具』となる道を選んだ。

その生活は、魔族の町で暮らしていた時よりも遥かに酷いものだった。

与えられる食事の量もごく僅かで、狩りの成果が芳《かんば》しくないと蹴られ、殴られるのは当然のことだった。

それでも母はなんとか私を育ててくれた。

成長し、七歳になった私は、一人で狩りをすることができるようになっていた。

額に生えたたった一本の角も成長していき、立派になっていった。

魔族にとって角は強さの象徴であり、そして魔力を操るのに必要なものだ。

そして、角が成長するごとに、私の狩りの腕は上達していった。

狩人の男は私のことを快く思っていない様子だったが、しかし狩りで成果が出ているためか、私に文句を言わなくなった。

そんな時だった――母が子供を宿したのは。

相手は狩人の男だった。

そのことがわかった夜、母は寝ている私の前で、斧を構えて言った。

「ごめんなさい、ちゃんと産んであげられなくて」

母のその声は、今でも私の耳に残っている。

そして、私は痛みで意識を失った。

翌朝、私が気付いた時には母は死んでいた。

薪を割るための斧で自分の腕を斬り落としていたのだ。

そして、私もまた、その斧で角を折られていた。

狩人の男からは自殺だったと言われ、私は家を追い出された。

角を折られたせいで魔力が使えなくなり、狩りができなくなったからだ。

私は一人、森の中を彷徨《さまよ》った。

母は私のことを恨んで死んでいったのだろう。

それでも母は私を殺さなかった。

自分の子供を親が殺せないから？　そんな理由ではない。きっと、母は私と一緒に死ぬのすら嫌だったのだ。一緒に地獄に落ちるのが嫌だった。

母が娘の角を折った罪と自殺の罪で地獄に落ちるのだとすれば、私は母に私の角を折らせた罪、そして自殺をさせた罪で地獄に落ちる。

どうせ地獄に落ちるのなら、母の願いを叶えるためにも、できるだけ遠い場所で死のう。そう思って、私はひたすら歩いていたのだ。

奇跡的に魔獣に出会うこともなく、私は丸一日以上、魔領を彷徨《さまよ》い歩いていた。

しかし、そう都合よくいかないからこそ、奇跡と呼ぶのだ。

そう、私の前に黒い豹《ひょう》の姿の魔獣が現れたのだ。

だが、不思議と私は笑っていた。

「そうか、私の人生もこれで終わりか」

絶望で始まり、絶望で終わる人生だったが、しかし母の願いを少しでも叶えられたとしたら、きっと私の死にも意味があるのだろう。

そんな風に考え、私は笑顔のまま意識を失った。


そして、目を覚ました場所は地獄ではなかった。

「目を覚ました？」

私が横になっていたのは広々とした部屋のベッドの上で、そこにいたのは、一人の魔族の少女だった。

どうやら、私はこの少女に命を拾われたらしい。

「……どうして私を拾ったの」

「拾った？　助けたって言いなさいよ」

「助けた……助けてくれるのなら助けてみなさいよ。そんなのできるわけないでしょ。私は魔族と人間の混血児なの。しかも角は折られて、魔物と戦う力も持っていない。そんな私を助けるっていうの？　ふざけないで！　私の人生は終わったのよ」

八つ当たりだった。

この八つ当たりで魔族の機嫌を損ね、殺されるなら、それでもいいと思っていた。

彼女は不機嫌に尋ねた。

「あなた、何歳？」

「七歳よ」

「そう、七歳。たった七年間生きただけで人生が終わった？　人生を語りたければ最低でも百年は生きなさい。人生舐《な》めるんじゃないわよ。言っておくけどね、私なんて千二百年生きても人生の意味なんてこれっぽっちもわかっていないんだから」

「千二百年っ⁉」

そう言えば聞いたことがあった。

魔族の中には、四大魔王と呼ばれる魔族がいて、その中に、幼い少女の姿をしたまま千年以上生きている魔王──老帝と呼ばれる魔族がいるって。

「そう……あなたが老帝なんだ」

「その呼び方嫌いよ。まぁ、幼帝って呼ばれるよりはマシだけど」

魔族は拗《す》ねたように言った。

その姿は、やはり子供そのものだ。

私と同い年くらいにしか見えない。

「それで、なんであなたは私を拾ったの？　道具として利用するため？　それとも、もしかして同情でもしてくれた？」

「別に、たまたま通りかかったから助けただけよ。理由なんてないわ。そもそも、なんで私があなたに同情しないといけないの？　むしろ私に同情してほしいくらいよ。いらないけど」

「なんで私があなたなんかに――」

「だって、考えてもみなさい？　この姿よ？　この姿のまま成長が止まる大変さがあなたにわかる？　いまだに初めて会う人には子供扱いされるし、本棚で本を取ろうとしても一番上どころか上から四段目までしか手が届かないし」

「ぷっ」

必死に手を伸ばす老帝の姿を思い浮かべ、私は思わず笑ってしまった。あんなにも絶望していたのに。

「笑いごとじゃないわよ……まったく、私をこんな体にしてくれたあいつには、絶対文句を言ってやらないといけないわ。生きていたら、だけど」

老帝を不老にした張本人？

そんな者がいるのかと私は思った。

それって千二百年前の出来事だとするのなら、その張本人は既に死んでいると思うが。

「文句だけでいいの？」

「もちろんよ。私の命を助けるために仕方がなかったってことは理解しているし、それにす……嫌いじゃないし」

「……羨ましいな。そんな素直に好きって言えるなんて」

「それって皮肉？　あと好きなんて言ってないし」

ジト目を向けてくる彼女に、私は首を横に振る。

「……私は……素直に母のことを好きって、もう言えそうにないから」

「母ね……私もこんな体になってお父様には苦労かけたわ。どうせ暇だし、話したいなら聞いてあげるわよ」

私は頷き、自分の身に起こったことを話そうと思った。

私と同じく呪われた運命にありながら、それでも前向きに生きている老帝なら、私を見下した同情ではなく、同じ視線での同情をしてくれるかもと思ったからだ。

そうして話を聞き終えた彼女から飛び出したのは、予想外の言葉だった。

「なんだ、愛されているんじゃない」

「愛されているって、どこが？」

「魔族と人間との混血児が禁忌ってされる理由、知ってる？」

そう聞かれて私は首を横に振った。

「魔族が持つ膨大な魔力は、この角から授けられるんだけど、それを受け入れるには、混血児の体には負担が大きいの。子供のうちならまだ大丈夫だけど、十歳くらいになると魔力が体を蝕《むしば》み、死んでしまうって言われているわ。あなたのお母様は、そのことを知って、だから角を折ったのね」

「そんな……」

「それに、あなたのお母様は自殺じゃなくて他殺よ。きっと子供ができたと聞かされて、その魔族に殺されたのね。混血児を産ませれば、魔神王の領地じゃ町の外にいても重罪だもの」

「なんで他殺だって言い切れるんですか？」

「両手で持つような斧で、あなたのお母さまは片手で自分の腕を斬り落とせるくらい器用な人なの？　というより、自殺をするのに腕を斬り落としはしないでしょ。常識的に考えて」

そう言われて私は気付いた。

母に角を折られたことと母の死を関連付け、狩人の魔族の言葉を鵜呑《うの》みにしてしまっていた。

「そうか……私は愛されていたんだ」

私はそう言葉を漏らした。

「どう？　人生、案外捨てたもんじゃないでしょ？　七年で幕を下ろすのは勿体ないわよ」

「そうですね……あの、今まで散々無礼なことを言ったことは謝罪します。私をここで働かせてもらえませんか？　魔力は使えませんが、精いっぱい働かせてもらいます、老帝様」

「だから、老帝様って言わないで」

老帝はそう言うと、それでもニッコリと笑って私の手を取った。

「私の名前はヒルデガルドよ。あなたの名前は？」

「私の名前はチッチです」

こうして、私はヒルデガルド様の配下となった。

自分の人生の脚本を、自分で書き始めたのだ。

気ままなおっさんの異世界ぶらりファンタジー、開幕!

神様のミスで、異世界に転生することになった四十路のおっさん、憲人《のりと》。お詫びにチートスキル9個を与えられ、聖獣フェンリルと大精霊までお供につけてもらった彼は、この世界でしか味わえない魔物グルメを楽しむという、ささやかな希望を抱く。しかし、そのチートすぎるスキルが災いし、彼を利用しようとする者達によって、穏やかな生活が乱されてしまう!?　四十路のおっさんが、魔物グルメを求めて異世界を駆け巡る!

◆定価:本体1200円+税　◆ISBN:978-4-434-27773-3　◆Illustration:蓮禾

●定価:本体1200円+税　●ISBN 978-4-434-27158-8　●Illustration:うおのめうろこ

ネットで話題沸騰！
アルファポリスWeb漫画
面白い漫画が毎週読める!!
ALPHAPOLIS
アルファポリス COMICS
原作 あずみ圭 漫画 木野コトラ
ゲート GATE
自衛隊 彼の地にて、斯く戦えり
月が導く異世界道中
原作 雪塚ゆず 漫画 紗月なびこ
追い出されたら、何かと上手くいきまして
OIDASARETARA NANIKATO UMAKUIKIMASHITE
原作 寺尾友希 漫画 雨理ユウ
ベル596の鍛冶見習い
原作 さとう 漫画 小田山るすけ
大自然の魔法師アシュト、廃れた領地でスローライフ
原作 まはぷる 漫画 トミイ大塚
巻き込まれ召喚!? そして私は『神』でした??
人気連載陣
THE NEW GATE
居酒屋ぼったくり
素材採取家の異世界旅行記
異世界ゆるり紀行
～子育てしながら冒険者します～
いずれ最強の錬金術師?
追い出された万能職に
新しい人生が始まりました
勘違いの工房主
and more...
原作 椎名ほわほわ
漫画 六堂秀哉
とあるおっさんのVRMMO活動記
原作：金斬児狐
漫画：小早川ハルヨシ
Re:MONSTER リ・モンスター
選りすぐりの Web漫画が 無料で読み放題!
今すぐアクセス！ アルファポリス 漫画 検索
アルファポリスアプリ
スマホでも漫画が読める!
App Store/Google play でダウンロード!

この作品に対する皆様のご意見・ご感想をお待ちしております。
おハガキ・お手紙は以下の宛先にお送りください。

【宛先】
〒150-6008 東京都渋谷区恵比寿 4-20-3 恵比寿ガーデンプレイスタワー 8F
（株）アルファポリス　書籍感想係

メールフォームでのご意見・ご感想は右のＱＲコードから、
あるいは以下のワードで検索をかけてください。

アルファポリス　書籍の感想　検索

ご感想はこちらから

本書は Web サイト「アルファポリス」（https://www.alphapolis.co.jp/）に投稿されたものを、改題・改稿のうえ、書籍化したものです。

勘違《かんちが》いの工房主《アトリエマイスター》5
～英雄《えいゆう》パーティの元雑用係《もとざつようがかり》が、実《じつ》は戦闘《せんとう》以《い》外《がい》がＳＳＳランクだったというよくある話《はなし》～

時野洋輔（ときのようすけ）

2020年 8月 31日初版発行

編集－村上達哉・篠木歩
編集長－太田鉄平
発行者－梶本雄介
発行所－株式会社アルファポリス
〒150-6008 東京都渋谷区恵比寿4-20-3 恵比寿ガーデンプレイスタワー8F
TEL 03-6277-1601（営業）　03-6277-1602（編集）
URL https://www.alphapolis.co.jp/
発売元－株式会社星雲社（共同出版社・流通責任出版社）
〒112-0005 東京都文京区水道1-3-30
TEL 03-3868-3275
装丁・本文イラストーゾウノセ（http://zounose.jugem.jp/）
装丁デザインーAFTERGLOW
印刷－図書印刷株式会社

価格はカバーに表示されてあります。
落丁乱丁の場合はアルファポリスまでご連絡ください。
送料は小社負担でお取り替えします。

ISBN978-4-434-27776-4 C0093